U0098064

GAEA

GAEA

七個邪惡預兆

星子——著

七個邪惡預兆

目次

楔子

在很多年前那個晴朗無雲的週末，他起了個大早，興沖沖地跳下床，奔入廁所洗臉刷牙，接著將整齊堆疊在床頭的高級童裝穿換上身，踩著動物造型的絨毛拖鞋蹦跳出房。

他躲伏在樓梯旁伺機大聲吼叫，將上樓的女僕嚇出一臉鐵青，跟在他身後的老管家皺起眉頭要他別這樣，但他不理，對老管家扮了個醜陋的鬼臉。

這獨棟華麗別墅的主人——他的舅舅太疼他了，使他覺得自己是王，沒人能夠忤逆他，人人都要聽從他，他也總是有辦法令大家聽他的話。

他笑呵呵地來到餐桌前，跳著入座，使得椅子發出碰的一聲。老管家瞪他，他反而嘟起嘴巴朝老管家噴射唾沫。跟著，他一口喝下大半杯新鮮柳橙汁，對緩步走來的舅舅比手劃腳地述說某一種大型甲蟲，黑黝黝的殼像是戰士的盔甲，長長的犄角有如騎士的大劍。

四天前，舅舅答應他，要在這個假日一同前往一座山郊，踩踏芬芳青草，摘採野花，抓大甲蟲。他期待極了，每一天都與美夢相擁入睡——他好想抓大甲蟲。

舅舅和藹地笑著，但臉色蒼白。老管家遞來藥丸和水，舅舅接過並吞服，苦笑著對他說這幾天身體狀況變糟，恐怕沒辦法帶他去郊遊踏青了。

他瞪大了眼睛，將吃了兩口的三明治扔到盤子上，跳上椅子，不停跺腳、嚎啕大哭，拒絕吃飯。

舅舅費了很長的時間哄他，一直笑著，沒有發一丁點兒脾氣。

他終於答應吃飯，條件是吃完飯後，老管家得帶他出門，去百貨公司購買最新上市的模型玩具。

老管家是個嚴峻且一絲不苟的人，他正色拒絕，並說明舅舅的病情比想像中還要嚴重，自己得時時刻刻在舅舅身旁照顧。

他才不理，他哭，他不吃飯。

舅舅哈哈笑了，說這有什麼問題，爽朗地答應他，只要他吃飯，就讓老管家帶他去買玩具。

他破涕為笑，抱著舅舅親了一下。

老管家哼了一聲，別過頭去，他認為主人太溺愛這個外甥了。

吃完飯後，他穿上新鞋，那是雙小小的皮鞋，鞋尖泛著發亮的白。

他費力地推門出去，那門很大，因為屋子大。

他和老管家乘上私家轎車，讓司機將他們載往市內最大的百貨公司。

□

在百貨公司十樓的兒童遊樂區，他得意昂揚地走在前頭，老管家提著數袋玩具跟在後頭。他嚷著要坐遊樂區裡的碰碰車，一坐就不想下來了，銅板一枚枚地投進投幣口，碰碰車四處衝撞，和其他孩子交戰著。

老管家不停地看錶，著急地出聲喊他，他卻不理。老管家十分惱怒，斥責他不懂事。他又嘟起嘴巴，轉動方向盤，碰碰車擦過場地邊緣，將嘴巴當作砲管瞄準，「呸」地一砲打在老管家的西裝褲上。

老管家瞪著眼睛吹著鬍子，他可樂歪了。

老管家取出手帕擦抹唾液，一面看著錶，十分擔心，主人病得很重——很重、很重，隨時都會倒下，而自己帶著這頑劣小子玩鬧太久了，無論如何得回去一趟。

老管家喚來了司機，要司機顧著他，等他玩夠了，再載他回家。

在老管家離開的半個小時後，他終於玩累了，說想要喝冰涼飲料。

司機憋尿憋得難受，說得先上個廁所。

他很頑皮，搶先撒完了尿，朝著司機屁股狠踹一腳，大聲吼叫著要玩捉迷藏，說完一溜煙便跑了。當司機狼狽地洗了手，穿扣著皮帶追出廁所時，只聽見一陣小皮鞋奔踏聲，和那頑劣的笑聲。

他機伶地在百貨公司各樓層中溜來溜去，藏在衣服堆中、專櫃角落。司機找不著他。

他滿足地溜出百貨公司，溜到車邊，想著待會兒要如何嘲笑姍姍來遲的司機。

但他等了很久，等不到司機，不耐煩了起來。他口中咒罵著，嚷嚷著說回去一定要叫舅舅開除司機。

他的眼睛狐狸般地左右瞧，高傲地看著每一個路過的人，他心裡在想：「哼，看什麼看，你們這些窮人家。」

當他看到一個穿著黑色大衣的男人朝他迎面而來時，他突然收去了高傲的神態，感到哆嗦了起來，沒有原因。

那男人身上的黑大衣飄揚著，步伐緩慢而沉重，雙手插在口袋裡，頭戴一頂黑帽子，帽沿壓得極低，頭也低著，看不見面容。

當男人離他更近時，才緩緩抬頭。

他見到一張陰鬱死白的臉、詭譎上揚的嘴角，和那彷彿蘊藏著無盡邪惡的晶亮雙眼。

他讓這雙眼睛嚇得退後好幾步，不由得發出氣喘吁吁的聲音。

男人緩緩開口，用一種奇異的語調告訴他，司機不會回來了。

他不相信，四顧張望，大聲喚著他幫司機取的難聽綽號。

男人露出無辜的神情，雙手自口袋中緩緩抽出，各自抓握著殷紅黏膩的五根手指，手指根處還露出森白斷骨。

他狂嚎尖叫，認出其中一根手指上套著的，是司機無時無刻都戴著的婚戒。

他轉身奔跑，大叫舅舅的名字，大叫管家的名字。

黑衣男人大大咧開了嘴巴，像是在笑，大步走著，跟在他後頭。

他淒厲地哭，一雙小腿風車似地奔跑，一雙亮白小皮鞋奔踏過人行紅磚、凹陷水窪，他每回頭，黑衣人便離他更近了。他見到黑衣人的腳下瀰漫出黑暗，每走一步，地面都生出蛆蟲和毒蛇、焦黑和腐臭。

那令人膽寒的黑暗比黑衣人的步伐更快，漫捲覆蓋過四周，捲上了他的腳，捲上了他的腿，他動彈不得，低頭看去，雙腳讓黑漆地上快速生長出的藤蔓糾纏緊縛，那些藤蔓像蛇一樣地在他腳上攀爬捲動。

黑衣人緩緩走來，摸摸他的頭、拍拍他的臉，他感到讓那男人摸過的地方，都留下令他驚懼噁心的爬搔感。

黑衣人輕輕抓起他的左手，以森白的手指在他左手背上畫著……寫著……

寫下七個預兆——七個邪惡的預兆。

第一章

第二個預兆將要出現

Abaddon

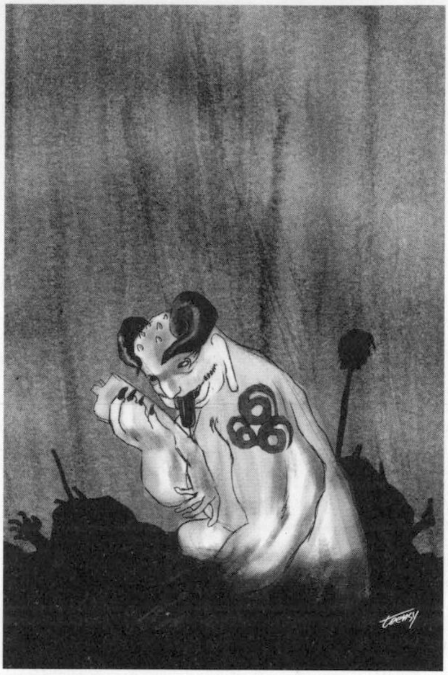

亞巴頓這個名字，在希伯來語中有「破壞」、「滅亡」、「冥界」等意思。傳說中，當第五位天使吹響號角時，亞巴頓將會率領著蝗蟲群現身，帶給人們五個月求死不能的苦難。

床板喀啦啦地響著，莫維其全身不停地哆嗦。他蜷縮在黏膩髒黃的雙人床最角落，雙肩後背緊抵著牆角。

床旁的小櫃上堆放著奇形怪狀的廉價驅魔道具，全都是他匆忙間在巷角那陳舊的雜貨店中買來的。地上則堆滿了空的飲料、酒類瓶罐，以及吃完或沒吃完的食物包裝。他身上披著一件不知多久沒洗、滿布污跡的外套，數個口袋中也塞滿了各種莫名其妙的符籙、經書、聖水瓶、十字架等玩意兒。

他的兩隻眼睛紅通通地睜著，驚恐地掃看房中四周。天花板的日光燈是亮白色的，房中一共有七盞燈同時亮著，但他仍然不能安心。

他不安地起身下床，再度檢查門上的每一道鎖，而房中的窗也早以木板牢牢釘死。牆上還有一扇小氣窗，裝有抽風機，平時他以布遮蓋著那小氣窗，若覺得氣窒悶煩，他便會揭開那塊小布，開動抽風機。他偶爾會在日落時分，從嗡嗡轉動的風扇葉片形成的朦朧空間往外頭看，假如能夠看到黃澄澄的夕陽，便會使他安心些，不那麼害怕。他伏靠在抽風機前，嚥下一口口水，見到太陽緩慢地沒入遠方高樓群，橙紅的夕陽餘暉將要褪滅了。

他轉身跨過那台癱垮在門邊的老舊電視機，那是他自己砸的——兩天前當他轉開電視，發覺電視中不是熟悉的節目，而是一行行反覆不停出現的鮮紅血字時，他便發了狂般地以球棒將電視打爛。

昨天，當接起突然響起的電話，聽見陌生而冷酷的聲音呢喃著和他說話時，他也將電話線拔斷，將電話狠狠地朝地上一砸。

因此，他失去與外界聯繫的所有管道了，小小的套房將他與外面世界隔離，他僅能每天透過架在小氣窗上的抽風機空隙看看陽光。

他突然覺得口乾得難受，便打開一旁半人高的小冰箱，取出僅剩三分之一的礦泉水，用右手拿著礦泉水瓶，以左手摸找杯子。他的左手纏著密密麻麻的紗布，一層一層將左手仔細包裹綁覆，僅露出五根手指，好似拳擊手戴上拳套前的模樣；右手腕上則有一圈褐紅色的細疤，疤痕形狀不甚規則，纏繞著他整隻手腕。

每一只杯子都是髒的，他覺得頭昏眼花，連日來的緊張和焦慮使他疲憊至極，他索性擰開瓶蓋，就著瓶口灌水。

他發現瓶中流動的水是渾濁的黑藍色，嚇得哇喊一聲，將喉中的水全嘔了出來，他瞪大眼睛，驚懼至極地看著地上那灘黑藍色的污水漸漸轉至透明，又恢復成透明的礦泉水。

接著他聽見了笑聲，「嘻嘻」、「嘿嘿」地從不知何方傳來，又像是在門外，又像是在窗外，又像是在廁所中。他大叫著奔回床上，緊緊抓捏著枕頭旁的鋁製球棒，將身子縮得死緊。

電視機沙沙響了，他陡然一驚，抹抹眼睛，那台歪倒在門邊、電線被扯斷、爬著三道大裂痕與無數細碎裂痕的電視螢幕，發出了亮光和聲音，緩緩閃耀著。在那支離破碎的螢幕上，組合出模模糊糊幾個紅字——

第二個預兆將要發生

倒落在櫃上的電話這時也陡然乍響，只響兩聲，就轉換成說話聲音，一聲一聲地呢喃著：

「第二個預兆將要發生……」

燈一盞一盞地滅了，莫維其將身子縮得更緊。

莫維其拉來被子將自己裹得更緊，摀著耳朵、遮著眼睛。他感到絕望而無助，沒有人能幫助他。

他已經痛苦三年了，他不知道為何「他們」會找上自己，當極少數時候他幸運地夢見童年生活時，會覺得夢境中的自己彷佛置身天堂，醒來時也總會痛哭流涕。他十分想念舅舅，想著想著，忍不住全身發顫，眼淚鼻涕不能自抑地流了滿臉，一半是因為悲傷和驚懼，一半是毒癮的癮頭犯了。

三年前的莫維其和現在截然不同，那時候他是眾人眼中的明星，是學校裡的風雲人物，是未來能夠繼承龐大遺產、擁有光明前程的大少爺。

在考試時、在打球時、在打拳賽時，他總是和對手說：「要不要我讓你？」

三年前——

「學長，你說的喔，你一隻手讓我！」社團學弟阿詹笑嘻嘻地說。

莫維其哈哈一笑，擊出左拳，學弟閃過。莫維其左拳才收回，瞬間再擊出，學弟這次沒閃過，臉頰給削了一下，有些頭暈。

這個時候的莫維其不像三年之後那樣狼狽、削瘦如枯骨、時常滿臉鼻涕眼淚、酗酒又吸毒……此時的他儘管身上的白色背心已被汗水浸得濕透，拳擊台下仍有幾個學妹、學姊捧著乾毛巾，準備要替他擦拭。他的眼中閃動著自信的光芒，一面轉頭和角落邊的同學談笑，一面呼呼地擊出左刺拳，同時從容閃過學弟揮來的拳頭。

「我投降！不打了！」阿詹向後一跳，雙手舉著，大大地搖頭，苦笑說：「學長，如果可以的話，真希望你讓我兩隻手！」

一旁的拳擊社同學們都笑了，起鬨說：「阿詹，你乾脆說站著不動讓你打算了！」莫維其攤了攤手說：「沒人陪我練習，三天後校際比賽怎麼打？」又有人起鬨：「小莫，你不練習是剛好，你再練習，不怕打死人呀？」「說不定小莫被國家教練看中，出國比賽。」「小莫又不只是會打拳，他將來要繼承家業，當大老闆。」「他功課也好，說不定從政。」

「廢話，誰規定我一定要做什麼大事，將來什麼事也不做，每天看海，也不錯呀。」莫維其躍下拳擊台，從簇擁而來的學姊學妹手中接過一堆毛巾，隨意抹著臉。

他仰起頭，大口大口地灌飲運動飲料，喉結一上一下地跳動，讓身邊的學姊妹們簡直要暈了。他偷用舅舅的名牌古龍水，身上總是散發著優雅的香味，這使他和其他滿身臭汗的男同學相比，更增添了一股特殊的魅力。

他穿上運動外套、揹上書包，準備要回家了，學姊妹們跟在他身後，不停地嘰嘰喳喳：「小莫，這個週末去哪裡玩？」「莫學長，你上次答應教我功課……」「維其，你最近都沒有上線嗎？」

拳擊社團的男同學們繼續練習著，羨慕又嫉妒地目送莫維其離開，這個大少爺是學校裡的明星，身邊總是圍繞著一票狗腿的男同學和一群情竇初開的女同學。即便有些暗暗嫉妒莫維其的男生，也不敢妄想整他，因為那會遭到全校師生的敵視，就算是單挑，自然也贏不了拳擊社第一把交椅的莫維其。

莫維其沒有搭乘前來接他回家的名貴轎車，而是慢跑回家，他從一個月前便這樣子回家，這是為了準備三天之後的校際拳擊比賽。其實他對其他運動也十分在行，但他不喜歡人家將他當作一個軟綿綿的紈褲子弟，他想要讓自己顯得更有男子氣概，於是便專注於拳擊這項運動。

他邁開大步奔跑，不時抹去額上的汗水，自信地與每一個迎面而來的人雙眼相接，這一點他從未變過。

他踏過了一個水窪，接著又踏過了幾片破碎的紅磚，突然之間他停下腳步，因為他覺得兩秒鐘之前踏過的那個水窪中，似乎有些什麼。

他回頭重新看了那水窪兩眼——只是數片微微凹陷的紅磚和一小灘渾濁的積水，除此之外什麼也沒有。

他攤了攤手，重新開始跑步，突然之間一股熟悉的感覺閃過眼簾，他不自禁地抬起左手看看。

手上的護手紗布已經除去，白淨的左手背上盤結著雄赳赳的青色血管，他突然想起自己左手背上應該是有東西的，在許多年之前，有幾個月，手背上都印著洗之不去的怪東西，那是什麼？

莫維其又抹了抹汗，歪著頭回想六歲那年，為了手背上的怪東西，舅舅可是帶著他跑遍了各大醫院，始終沒有得到具體的診斷結果。

他只隱隱記得，那時他常常洗手，用力搓抹左手背，卻怎麼也洗不去上頭的東西——上頭有什麼東西？好像是圖、好像是字、好像是句子、又好像是符號，那時他認不得那麼多字，只知道不曉得是哪一天，也不知是吃飯還是起床、清晨還是黃昏，他終於發覺手背上的東西已經沒了。

為什麼在這個時候又想起了這件事呢？莫維其心中隱隱地感到不安，因為他隨即想起手背上東西的由來，那是許多年前，他吵著要舅舅帶他踏青抓大甲蟲的午後。

手背上的東西是一個黑衣人畫上去的。

莫維其一想起那個黑衣男人，突然間像是跌進了冰窖之中，氣焰一下子消散飛滅。他將視線壓低，不再和每個迎面而來的路人對視，讓他感到十分不安的是，在經過了這麼多年之後，當日失蹤的司機模樣已經記憶模糊、當日購買的玩具種類已經遺忘、當日究竟是玩了很久的碰碰車還是電動飛機也已不復記憶……但當日那黑衣男人的面貌卻像是一瞬間從水裡提起來般清晰，那雙銳利陰寒、蘊藏著無盡邪惡的眼睛……

「唔！」莫維其拍了拍腦袋，皺起眉頭，咬著下唇重新將頭抬起，他露出凶狠的表情，裝出一副不好惹的樣子，藉此來掩飾心中的恐懼。

他開始四顧張望，挑釁似地瞪視每一個路人的雙眼，他不經意地看見停在路邊的汽車車窗，車窗映出的景象之中，有幾個鮮紅色的字——

第一個預兆將要發生

他怔了怔，那幾個紅字堆疊於一處商店招牌之上，他趕緊回頭，車窗倒映的景物便在他身後，而那個商店招牌也只是店名，哪裡有什麼鮮紅色的字。他再看車窗之時，已經看不到那些紅字了。

第一個預兆將要發生——莫維其對這幾個字百思不得其解。一小時後，他回到家，全身大汗淋漓，他痛快地洗了個澡，和久候多時的舅舅、管家一同享用豐盛的晚餐。

他和往常一樣與舅舅閒話家常，吹噓著自己在學校中的威風事蹟，有多少個女同學仰慕他等等，舅舅總是拍拍他的肩，瞇著眼睛笑說：「你以後一定會大大有出息的。」

「那當然。」莫維其也一如往常地回答。

這天莫維其不像往常那般晚睡，以往他總要在電腦前奮戰至深夜，在老管家，甚至是舅舅前來關切數次之後，才心不甘情不願地關燈歇息，但這幾個月他有充分的理由，他會一面播放著拳擊比賽的影片，一面玩著遊戲，或是以msn和同學朋友聊些不著邊際的廢話，然後跟敲門關切的管家說：「別打擾我，我在用功，就快要比賽了！」

但這晚他呆愣愣地坐在床沿，輕輕撫摸著左手背，對床旁的電腦提不起興致。

他有些焦慮，反覆站起坐下數次，他看看飄動的窗簾，窗外的夜景依舊清爽，但他不安地將窗戶關上，將窗簾拉起。

他躺上床，拉上棉被，看著明亮的燈光發愣。他睡覺一向習慣關燈，不關燈老管家便會前來關切，但他總不能和老管家說「我會怕黑」這種話，對這個年紀的他而言，說「我會怕黑」跟說「我尿褲子了」是一樣的意思。當然他可以說「我看書看到一半睡著了」之類的話來辯解，但他自己也不能接受，他又皺起眉頭，露出狠樣，跳下床關燈，嘴裡還喃喃著：「哼！有什麼好怕的，我怕誰啊我！」

但他上床之後，還是不由自主地將被子裹得緊了些，儘管他不覺得冷。

「嘶嘶……嘶嘶……」

他聽著窗外傳入的蟲鳴聲響，漸漸入睡，進入了夢鄉……

夢中他彷彿回到過去，只是個六歲大的孩子，站在一間老舊倉庫的中央；老倉庫裡陳舊昏黃，瀰漫著濃重的霉臭味，四面牆邊堆放著許多陳年廢棄物，瓶瓶罐罐、箱箱簍簍，幾只舊木櫃的門闔不攏，隨著破窗而入的風嘎吱擺動。

他好奇地走近那木櫃，伸手去揭那櫃門，櫃門破爛得厲害，經他一碰，嘩啦地掉了下來，裡頭擺著數個大小不一的玻璃瓶罐，瓶子裡裝著一顆顆腦袋——人的腦袋，這些泡在不明液體中的腦袋，眼睛灰濛濛的，口中的牙齒稀稀疏疏。

莫維其尖叫著後退，忽然撞在一堵油膩的軟牆上，但是當他回頭時，才發現那不是一堵牆，而是一個怪人，一個身高超過兩公尺的肥胖巨漢。巨漢鼻下穿著圓環，隱隱散發著紅光的雙眼圓而小，鮮紅的厚唇大嘴幾乎咧到耳際。

肥胖巨漢的上身緊繃著一件染得髒黃的短袖上衣，上衣極不合身，露出一大截油肚子，一層層肥肉堆疊，皮膚上還紋著密密麻麻、咒語般的褐紅色奇異符號；下身則穿著黑色短褲，短褲下是兩條雄壯的黑色牛腿，雙蹄各自鎖著一只沾染血污的腳鐐鐵銬，鐐銬上有許多鐵釘向外刺出。

「啊！」莫維其怪叫著，嚇得跌倒在地上，隨即掙扎爬起，想要趕緊逃走。

「你肚子餓了嗎？」巨漢笑了，大嘴咧得更開，巨大而歪斜的牙齒滿布污跡。他一邊笑，一邊嚼著手上抓著的東西；看不出他吃的是什麼東西，黏糊糊的醬紅一片，還穿插出幾支像是斷骨的東西。

「呀——」莫維其又後退幾步，這次他撞上剛才那只木櫃子，裡頭的瓶瓶罐罐震動了起來；那些被關在裡頭的腦袋，一個個發了狂似地撞擊著玻璃瓶，撞出一道道裂痕，瓶罐裡的水隨即滲了出來。

莫維其感到前所未有的驚懼恐怖，他無助地尖叫、喘氣著，夢中的他是個六歲大的孩子，但即便是真實生活中的他，碰上了這種情景，也只能尖叫而已。

他發現這間倉庫沒有門，只有一扇窗子，他奮力地奔向那扇窗子。

窗子闔上了。

他不死心地扳動窗子，窗子閉得死緊，他透過窗上的髒污玻璃往外看，外頭是朗朗晴天，藍天綠地、有樹有林，也有潺潺小溪。突然，天空一片烏雲捲來，漸漸將陽光遮蔽住。他開始揮動拳頭擊打窗戶。他還記得真實世界中的自己是個拳擊好手，但此時夢中的他只是六歲大的孩子，力氣不夠，小小的拳頭打在窗戶上，只能發出啪啪啪的聲音。

他回頭看看，那巨漢張著一對小圓眼睛瞅著他笑，大嘴仍津津有味地吃嚼著手上的食物，猩紅醬血淌得整個下巴都是。巨漢緩緩挪動身子，朝他走來。

「你是誰？你是誰？」莫維其尖叫著，更用力地擊打、扯動窗戶，好不容易將窗戶扳開了一條縫，卻覺得指尖突然一下刺痛，有一隻蝗蟲自窗外噬咬著他卡在窗縫中的手指。

那巨漢將手上那不明屍塊全塞入嘴裡，吞嚥下肚後還意猶未盡地吸吮指上的血漿，看了看莫維其，低沉沙啞地說：「你也吃點東西吧……」巨漢一面說著，一面歪頭晃腦地撥開幾個簍子，提出一個以數條皮帶綑綁著的黑皮袋子，黑袋子厚而寬大，沉甸甸的，不知裝著什麼。

窸窸窣窣、窸窸窣窣，從牆角、物品堆中、木櫃底下竄跳出來的是一隻隻黑黃相間的蝗蟲，蝗蟲體型自八公分到十五公分不等。一百隻、一千隻、一萬隻……轉瞬間，地板已經讓蝗蟲淹沒了。

「哇——」莫維其扯著喉嚨叫喊，窗外也爬滿了蝗蟲，他不敢再拍打窗戶；整面牆都爬滿了蝗蟲，一隻隻往他身上蹦跳，他大力地撲打那些飛蹦到他頸上、頭臉上的大蝗蟲。

巨漢嘿嘿地笑，拖拉著黑色大袋，踏爛了許許多多的蝗蟲，來到莫維其身前，輕拍了拍他的頭，拉起他的左手，將頭低下去看，彷彿在打量著什麼。

巨漢有兩公尺高，而夢中的莫維其只有六歲大，讓巨漢這麼一拉，整個身子騰空，手腕、肩膀疼痛難當。蝗蟲越來越多，一隻隻飛跳上莫維其全身，在他耳邊窸窸窣窣。

「你是誰？你是誰？」莫維其驚懼吼著，他快要被嚇瘋了，同時，他也感到左手背像是被火灼燒一般，劇烈地疼痛起來。

「『亞巴頓』……這是我的名字。我——亞巴頓，將是你的朋友、你的夥伴。」那巨漢看了看莫維其，滿意地笑了。他咧開大嘴，將莫維其提得更高，伸出紅黏腥臭的舌頭，在莫維其頭臉上翻滾舔舐，詭誕地說：「但在預兆結束之前，我——亞巴頓，將會是你最可怕的惡夢，呵……」

莫維其讓亞巴頓舔得滿臉都是惡臭醬紅血汁，驚懼之外更覺得噁心至極。他揮動右拳毆打亞巴頓的臉。亞巴頓卻只是呵呵笑著，然後將莫維其提得遠些，他便打不著了。亞巴頓像是還要說些什麼，突然眼瞳一縮，望向窗外。

天際黑雲幾乎遮蔽住整個天空，但在濃密雲層之中，卻突然破開了一個洞，射下一道金亮的陽光，雲層的破洞越來越大，陽光也為之炙烈，直直照射在這老舊倉庫的窗上。

「多事的來了——」亞巴頓雙眼猛睜，露出猙獰的神情，抓著莫維其的手鬆了開來。莫維其摔落下地；他雖然也讓這耀眼的日光映得閉上了眼睛，但很快便睜開了眼，掙扎站起。

窗戶開了，徐徐的風往裡頭吹入；風帶著香味，將死寂的霉腥臭味吹散，將莫維其身上一隻隻的蝗蟲吹飛。

莫維其想也不想，攀上窗沿翻滾出去，踩上青草地，頭也不回地跑。亞巴頓緊握雙拳，額上兩端生出一雙捲曲大角，雙眼淌下血淚，高仰著頭，對著天空發出怒吼。蝗蟲衝湧出窗，在空中飛竄盤旋。

莫維其躍過石頭、樹根，死命地跑，他覺得左手背疼得難受，一看，只見手背上出現了三排焦紅色的字——

預兆一：罪行

替你換上惡魔之手

他要你犯下罪

紅色字跡的筆畫焦裂，滲出血汁，莫維其痛得緊咬牙關，氣喘吁吁地奔跑著。不久，眼前出現了鮮花和可愛的小鹿、兔子。他疲累不堪，穿過了鮮花和矮樹叢間的土道，來到一棟華貴的白色住宅前。

一個褐髮小男孩蹲在花圃旁，笑咪咪地把玩著腳邊的碎石子、短樹枝和一朵朵花瓣。

莫維其在離小男孩身前數公尺處停下腳步，彎腰喘氣，只覺得肺彷彿就要炸開來，雙腳痠軟無力，左手背持續發出一陣陣刺痛和焦臭。

他狐疑地看看那小男孩，又害怕地回頭轉身探看後方；後方是一望無際的草坡，那老倉庫已消失無蹤，遠處天空黑雲激烈捲動，閃起陣陣電光，下方還有幾團更黑的雲團忽低忽高地扭動著，似乎逐漸逼近。

莫維其陡然一驚，那不是雲團，那是蝗蟲群！他在電視上看過的。幾團蝗蟲群嗡嗡地鋪天蓋地飛來，同時，遠處的幾株樹後，出現了高大的人影，是亞巴頓，他的兩眼血紅，額上雙角彎曲碩大，全身皮膚成了黑褐色，且長出黑毛，肚腹上的血紅咒文隱隱發亮。

亞巴頓拖拉著那只黑色大袋，一步一步地往這兒走來，而那幾團蝗蟲群則從他的頭頂上方飛掠而過，好像先頭部隊，往花園這邊漫來。

「那個怪物又追來了！」莫維其再度拔腿奔跑，在經過前方那褐髮小男孩時，小男孩對他笑了笑，同時一把拉住了他。

「你又是誰？你要做什麼？」莫維其大聲問著，伸手推著眼前這個年紀和夢中的自己相仿的小男孩。

小男孩握著莫維其的左手背，看看上頭的字，微微一笑，然後低頭在那些字上輕輕一吻。

莫維其覺得手背一陣清涼，似乎不那麼痛了。

小男孩開朗地笑著，笑容好似暖陽，他說：「你怕他嗎？你不應該怕他。」

「小鬼，放手！」莫維其吼叫著，回頭見到亞巴頓已經走進了花園黃土道，蝗蟲撲上花叢，大口大口地啃噬鮮花翠草。

褐髮小男孩朝逼來的蝗蟲鼓嘴一吹，蝗蟲便化成了光點紛飛；他俏皮一笑，朝亞巴頓做了個鬼臉，拉著莫維其，往花園深處奔跑，還說：「不要害怕，我們和他玩捉迷藏。」

「啊！」莫維其讓小男孩拉著跑，此時他的身體只有六歲，但思想還是平時那個驕縱少年，他對褐髮小男孩怒吼罵著：「去你的！你到底是誰，你們是誰，信不信我揍你！」

「噓——」小男孩轉身，將食指豎在嘴前，對著莫維其比出「別說話」的手勢，莫維其這才發現，他們兩人身處在百花叢中。褐髮小男孩將他拉得蹲下，藉由一朵朵綻放茂盛的花，遮蔽住兩人的身體。

「我給你很厲害的劍，你就不會怕他了。」小男孩嘻嘻笑著，從身後拿出了他口中所謂「很厲害的劍」——兩根十五公分長的樹枝以草莖綑成的十字架，上頭還結綁了幾串小花。

「什麼？」莫維其接過這樹枝十字架，只覺得莫名其妙，隨手便扔了，對著小男孩怒吼：「你說什麼，你到底在玩什麼？你們到底是誰？這是夢嗎？」

小男孩正要開口，四周的花瓣突然飛散破碎，無數的蝗蟲撲蓋下來。漆黑一片。

莫維其彎腰抱頭保護著自己，當他緩緩站直身子時，只聽到淅瀝瀝的雨聲，他發覺自己站在一條昏暗的巷子裡，而且已不再是六歲小孩的模樣；此時他身上還穿著入睡前的睡衣，夢醒了，但不在自己的房間裡。

他看著仍然微微疼痛的左手背，那三行字已經成了模糊的淡紅色痕跡。

「罪行……換惡魔的手，什麼意思？我在夢遊？」莫維其百思不得其解，他甚至不知道這條巷子是哪兒，他摸著牆沿向外走，兩旁的窗漆黑緊閉，腳下水溝流動著髒臭污水，落下的雨打濕了他全身上下。

巷口突然暗去，莫維其驚恐地睜大眼睛，他不敢置信。

亞巴頓擋住了巷口。他此時身穿寬闊的華麗禮服，雙手還戴著白色手套，肩上仍然扛著那黑色大袋子。

「你逃不了預兆。」亞巴頓呵呵一笑，推了莫維其一把。

莫維其的身子有如脫線風箏般給推進了巷子深處；他跌在地上翻了幾滾，頭暈目眩地站起，驚慌失措。他扶著牆後退，經過一扇窗，窗子裡倒掛著兩個慘白的死人，雙目突出、全身無數道裂痕都淌著血；莫維其還來不及喊叫出聲，那兩個死人便突然張口尖嚎。

莫維其嚇得往後一仰，倒在狹窄的巷子中；他仰頭張望，發現巷中兩側高牆上的許多窗子中，全是凶劣惡鬼，有的全身被鎖鍊緊縛、有的身上插滿尖針、有的赤裸的身軀上刻印著密密麻麻的神祕符號、有的肢殘體缺、有的腦漿迸流，全都怨毒地朝莫維其怒吼著。

「他們都將是你的夥伴。我——亞巴頓也是。」亞巴頓哈哈笑著，扛著黑色袋子走來。

莫維其驚駭得無法動彈，全身不停地哆嗦著。亞巴頓在他身邊蹲下，抓起他的右手，拉開睡衣袖子，一手握著他的手腕，一手握著他的手掌，輕輕擰轉。

「哇啊——」莫維其感到手腕處傳來前所未有的劇痛，他的右手讓亞巴頓慢慢地、慢慢地擰轉折斷了；他痛得涕淚縱橫，哭嚎叫著，以左拳奮力攻擊亞巴頓的頭臉，但亞巴頓完全不將莫維其的攻擊放在心上，仍然悠閒地擰轉莫維其的右手，輕輕哼著：「這是第一個預兆『罪行』。我——亞巴頓，替你換上惡魔的手，讓你替他犯下罪。」

四周窗子裡的惡鬼發出了令人為之膽顫齒裂的嘶吼聲，像是惡毒的詛咒，又像是殘虐的歡呼聲。

莫維其幾乎昏厥，但四周撕心裂肺的嗥叫聲鑽入他的耳膜，令他再度清醒過來。他對亞巴頓哀嚎求饒：「放過我……放過我……」

亞巴頓看著他，一把扯下了他的右手掌。

「啊——」莫維其嘶吼尖嚎，聲音極其淒厲。

亞巴頓呵呵一笑，大口一張，將莫維其的斷手吃嚼下肚，滿意地點點頭說：「很好吃。」跟著，亞巴頓放開了倒在地上抽搐不止的莫維其，捲起自己的右手袖子，喀嚓一聲，將自己的右手摘了下來，然後又拉起莫維其，將自己的斷手湊上莫維其那鮮血湧冒、皮肉翻捲、斷骨穿插的手腕斷處。

莫維其在劇痛恍惚之中，隱隱見到亞巴頓斷手上的筋肉如泥鰍般扭動，纏上自己手腕斷處的骨肉，纏纏結結，合而為一，而亞巴頓那隻黝黑碩大的斷手，漸漸縮小，竟和莫維其本來的右手越來越像，斷腕處也逐漸接合，劇烈的疼痛轉變為痠麻搔癢。

亞巴頓看了看自己缺失手掌的右臂，笑著對莫維其說：「亞巴頓的手現在是你的了，得過六十六年，才會再長出新的手。」

莫維其呼呼地喘著氣，撐起身子往後頭靠，想盡量離這惡魔遠一些，他看著四周，巷口離此甚遠，漫長的巷道不知是真是幻，背後和前方的樓宇高壁漆黑陰厲，窗後的惡鬼貼伏在窗上，飢餓地對著他咆哮怒吼。

莫維其當然想逃，但他不敢輕舉妄動，亞巴頓的氣勢震懾了他——亞巴頓那對小圓眼睛散發出強烈的妖邪厲氣，讓他想起了兒時見過的黑衣男人的眼睛，那是帶著同樣氣息的眼睛，都有一股令人打從心底恐懼的邪惡氣勢。

在莫維其口唇發白、抵著牆壁顫抖時，亞巴頓將提來的黑色大袋平放在地上，以左手銳利的指甲撕裂了袋上數道皮帶，拉開大袋的拉鍊。

莫維其本來以為那袋中裝著的或許是屍塊、惡鬼之類的恐怖東西，此時見了，倒有些出乎意料，袋子裡是個和他年齡相仿的女孩，似乎被下了魔咒，安詳地睡著，對袋子外的殘酷血腥一無所知。

「來，吃了她。」亞巴頓咧開嘴巴，對莫維其嘻嘻一笑。

莫維其不知所措，無法應答，只能連連搖頭。

亞巴頓大手一伸，將莫維其拎了過來，五指緊緊扣住他的腦袋，將他的頭臉壓在小女孩白淨的臉龐上。莫維其聞到了女孩的髮香、體香，腦中轟隆隆地亂成一團。

「用你的手，扒開她的身軀；用你的牙，啃咬她的肉；用你的鼻子，嗅聞她的氣味；用你的舌，品嚐血的味道……吃了她。」亞巴頓雙眼冒出紅光，興奮地說著，臉上浮現出墨黑色的咒語符紋，尖牙也更利了些。亞巴頓一面說，一面按著莫維其的腦袋，讓他的臉在少女的頸、胸脯、小腹等處來回滑動磨蹭；莫維其的眼淚、鼻涕沾糊了女孩一身。

「不……不……」莫維其緊閉雙眼，奮力支撐著身子；他覺得腦袋疼痛欲裂，亞巴頓的大手就像油壓機械鋼爪一般，一點一滴地要將他的腦袋擠爆。

「為什麼不？為什麼不？」亞巴頓將莫維其提起，和他四目相對，瞪視著他，問：「極其美味的一道佳餚擺放在你面前，你應該好好品嚐的，為什麼不呢？」

「你這惡魔……」莫維其嚎叫著，猛出一記刺拳打在亞巴頓的下頷上。這拳就像打在岩石上一般，但莫維其顧不得疼痛，繼續出拳，第二拳、第三拳，仍像是在幫亞巴頓的臉頰搔癢，不過他的第四拳卻打歪了亞巴頓那張大嘴。

他的第四拳，使用的是右拳——亞巴頓換給他的手。

亞巴頓放開了莫維其，憤怒中夾雜著同等份量的驚喜；他大喝一聲，雙眼紅光乍現，將莫維其定在空中。亞巴頓猛一站起，華麗禮服浮現出黑色曲結的筋脈血紋，背後四支巨大漆黑的翅膀陡現。

「不錯……你能夠善用亞巴頓的手……」亞巴頓一步步地逼近莫維其，呵呵地笑：「就用你這隻手，撕碎她吧。」亞巴頓再度將莫維其拉到了女孩面前。

「不……求求你……求求你……放過我……」莫維其哭叫、哀求著。他的身子又能動了，但他不敢再對亞巴頓出手，便這樣哀求僵持著。

亞巴頓露出了為難的神情，因為他想讓莫維其親自動手進行殺戮；他歪著頭想了想，說：「好吧，第一次讓你輕鬆些，不吃人，吃別的吧。」亞巴頓邊說，身後又出現了一只袋子，袋子緩緩打開，是頭既髒且臭的活豬，牠的四肢被綑綁著、動彈不得，僅能不停嚎叫。

「來，這是人類平常的食物之一，是不是簡單多了，這次你得吃下牠。」亞巴頓眼中精光暴射，拉來莫維其，凶厲地說：「否則，我會將女孩和豬揉成一團，餵你吃下。」亞巴頓邊說，邊抬起女孩白皙的腿，放在口邊，不停地舔舐著。

「為什麼……為什麼你要這樣對我，我做錯了什麼……」莫維其跪在那頭活豬前，絕望地哭嚎著。

天空落下的雨淋打著莫維其的臉，和他的眼淚一同滑落。

亞巴頓捏著女孩的腳踝輕輕轉動，儘管滂沱雨聲吵雜，莫維其還是聽見了骨折的聲音。

「天吶！……你放過她吧！」莫維其看著女孩的右腳掌被亞巴頓擰轉成了詭異的角度，失聲尖叫、苦苦哀求著。

亞巴頓放下了女孩的腿，指著那頭豬，看著莫維其，緩緩地說：「將你的右手，放在豬的肚子上。」

莫維其略微遲疑，亞巴頓猛一吼：「快！」莫維其身子一抖，照著做了。

「扒開牠的身軀……」亞巴頓的大手露出銳利的黑指甲，輕按在女孩柔嫩的腿上，劃出一道血痕，緩緩地說：「我——亞巴頓的時間很多，你可以一直求饒，我也會找一個又一個的人來示範給你看，或許是你同學，或許是你親人，亞巴頓知道，你有個舅舅……」

「不！」莫維其驚懼地吼叫著，他的右手已經插入了活豬的身子中，他閉著眼睛，嚎啕大哭；他覺得自己的手摸到了軟嫩黏膩的東西，他無法睜開眼看，只能一聲又一聲地哭吼。活豬起初發出了比他更響亮的慘嚎聲，但很快便沒聲音了。

「好孩子、好孩子，吃，對，吃下牠，就是這樣……」亞巴頓沙啞的聲音在雨聲中迴盪呢喃，像是咒語般鑽入莫維其的腦袋，啃噬著他的心。

莫維其將一團一團不知是豬隻哪個部分的東西，一股腦兒地往嘴裡塞；他的口舌嚐到了無比的腥噁黏膩，鼻子聞到難忍的惡臭味道。他的眼睛緊閉著，眼淚卻流個不停，他崩潰了，他的腦袋僅能維持著最低運轉，一遍又一遍地轉動著：「惡魔找上了我，惡魔要我這麼做……」莫維其突然覺得喉間再也塞不下任何東西了，他哇地一聲，激烈地嘔吐起來，吐個沒完。

四周的厲鬼們笑了，亞巴頓將裝著女孩的大袋拉上綑好、扛上肩，拍了拍莫維其的臉，低身在他耳邊說：「很好，你做得很好。」說完，亞巴頓走了。

莫維其哭嚎了好一陣，緩緩睜開眼，又看見雙膝前的那團「東西」，幾乎已經分辨不出那是頭豬，他又開始嚎哭、狂嘔起來，仰高著臉，讓大雨沖刷他的口和喉，然後俯身嘔吐。

然後，他回到了家。

仍然是深夜。

他全身濕透，大雨已刷去他身上大部分的血污，卻沖不去他不停湧出的眼淚，他心中混雜著極度的驚恐、悲傷、憤怒、噁心、自責、痛苦、徬徨……方才他從那條陌生暗巷中步出後，發覺自己身處在熟悉的街道上，再回頭看，只見身後的巷道比剛才明亮許多、而且沒那麼漫長，若扣除雨聲，四周是一片寧靜，沒有人聽見他的哭吼和剛才所發生的一切，這或許又是惡魔的魔法吧。他走了許久，茫然回到自家華貴的別墅。

他按了電鈴，驚動家中全部的人，但他沒有將發生在自己身上的事說出，僅是隨口編造了「深夜肚子餓外出購買宵夜，遭遇了匪徒搶劫」這樣的謊言，事實上他自己也無法確切瞭解到底發生了什麼事。

他換洗乾淨，吹乾頭髮，將擔心的舅舅和家僕們擋在門外，呆滯地看著臥房中的一切，窗戶仍是緊閉著，一切如常。他蹲縮在床邊角落，將自己塞得緊緊的，抱著膝蓋，看著四周。

「學長，莫學長！漱口，漱口！」阿詹拿著水壺，湊上莫維其的嘴，將水灌進他的口中，沖去他口唇上的血跡。

莫維其本能地漱口，將水吐出，愣愣地坐在擂台邊角的椅上。教練在他耳邊咆哮，阿詹著急地替他揉肩、擦汗，但他卻一句話也聽不進去；兩校學生轟轟鬧鬧的鼓譟聲音，底下莫維其仰慕者聲嘶力竭的加油鼓舞聲，全都撼動不了他那漠然的神情。

莫維其雙眼滿布血絲，抹抹嘴巴，又站了起來。

鐘響，第三回合開始。

對手是另一所高中的拳擊社社長，比莫維其矮了半個頭，卻精壯不少，黝黑的皮膚和莫維其的一臉慘白形成強烈對比。他一拳一拳地打向莫維其全身，莫維其將身軀放低，雙手高抬護著頭臉胸腹。他從雙手間的縫隙往外看出，對手雙眼炯炯有神、自信非凡，更像個訓練有素的拳擊手。

「我輸定了⋯⋯」莫維其心中這麼覺得，三天來，他對任何事都失去了興趣，他時常在上課中緊張兮兮地探望四周，他覺得有東西跟著他，也睡不著覺，無數次自夢中驚醒，便抱著膝蓋縮在床角，只有在吃晚飯時，會勉強擠出笑容，向舅舅解釋：「沒事，要比賽了，我壓力大。」

「碰！」莫維其又吃了一拳，腦袋給打得後仰，鼻血直流，頭盔差點都要震掉了。他退回守勢，躲開三記刺拳，然後胡亂回擊幾拳，他聽見身後教練的懊惱吼叫聲，但他已不在意了。

對手又逼了上來，一拳拳地往他身上打；他將自己緊緊地守衛著。他發現對手的神情十分得意且凶惡，這讓他有點惱火；跟著，他見到對手嘴巴一嘟，右拳大幅度繞轉。

他的左耳，聽到了砰地一聲巨響，像是就在他耳邊炸開一般。他感到一陣暈眩，擂台地板突然從他的腳底往他身子右邊貼來，撞上他的右半邊身子。

「一、二、三、四……」

莫維其聽見了裁判的讀秒聲，他終於意識到自己被擊倒了，但他不打算站起來了，他睜大眼睛，側躺在地上，看著對手緩緩走至對角，轉身，雙臂擱在纜繩上，冷冷看著他。

突然之間，他覺得對手有些面熟，覺得對手的眼睛變小了、變圓了，也分得開了些，對手的雙腿看起來像是牛的蹄，他覺得從這個角度看去，對手有點像亞巴頓。他先是一陣驚懼的抽搐，而後感到了濃濃的憤怒。

裁判只讀到七秒，見到莫維其一動也不動，便著急地宣布比賽結束，比著手勢要醫護員上台。

莫維其卻站了起來，衝向對手，在此之前的一刻，但他還躺在地上，他見到了對手嘴巴動了動，嘬向了觀眾席上的一處地方，莫維其知道那是他的舅舅和家僕們。莫維其感到了前所未有的威脅，他似乎聽見了那個有點像亞巴頓的對手在對他說：「接下來就是你的家人了……」於是他猛然站起，臉上露出凶惡神情，藏在拳套之中的右手浮現出可怖的黑色筋脈。

「你做什麼，比賽結束了！」裁判驚喊一聲，來不及攔下莫維其。

莫維其一記左拳，打在以為得到勝利的對手臉上。那對手也不是好惹的，口中一邊叫著「要打架是吧」，一面揮拳還擊。

莫維其臉上捱了一拳，同時也揮出了他的右拳，打在對手的左下頜處，將對手打得腳步浮起、護齒飛脫；對手在中拳的這一刻，便已失去了意識。

場內場外起了騷動，雙方人馬都搶上擂台，莫維其吼叫著，轟隆兩拳追擊在癱撞在角柱上的對手臉上，血花飛濺上天，四周一聲聲尖叫聲爆起。

莫維其分不清那是人們害怕的尖叫，或是厲鬼興奮的嘶吼，他殺紅了眼，一拳摞倒前來阻止的對方教練，轉身一拳將學弟阿詹也擊倒在地，跟著三拳又打在對手的臉上，然後又是五六拳，打在對手的全身上下。

在騷動喧鬧至極點時，彷彿成了另一種寧靜。莫維其也跟著大家一同吼叫，他在被己方一擁而上拉開、制服在地時，仍不停地吼叫。過程中，對方人馬因為憤恨擠來踢了他幾腳，他已經毫不在意、也不覺得憤怒了，只是茫然地看著擂台上方的燈，閃亮亮的。

他清醒了，他意識到自己鑄下了大錯。

很多天之後，莫維其在病床上接到了阿詹的死訊。

那天，搶上台阻止的阿詹被莫維其的右拳雷劈般地擊中腦袋，阿詹不是參賽者，並沒有穿戴護具。

那個對手教練則被擊中胸腹，斷了數根肋骨，但性命無虞。

至於對手，當時便已經死了，即便是一個缺乏醫學常識的學生，從那對手的外觀模樣上就能判斷出他已經死了——當時他臉上的五官是模糊的。

莫維其被送進了醫院，主治醫生是精神科權威。莫維其的舅舅費盡了心力，和對手家屬、阿詹家屬、對手教練、警察、雙方學校周旋，試圖和解。

當時他見到那個臉被他打得模糊的對手被抬上擔架時，就已經完全清楚發生了什麼事。他猶如從夢中驚醒，發現自己犯下大錯，但卻完全不知道該從何辯解起。

他接到阿詹的死訊時，抱著頭痛哭流涕許久，他也無法去想像那些以往仰慕他、崇拜他的同學們此時對他的看法了。

接著是漫長的病榻生活，他退學在病床上躺了半年，等到舅舅替他排除所有法律責任時，他終於出院了。

他進醫院時僅是精神耗弱，但出院時卻真的快瘋了。半年中，他沒有一夜能夠安睡，他不停重複經歷著那夜的恐怖遭遇和在擂台上打死對手的情景。

他返回家中時，個性已變得截然不同，他變得冷漠而暴躁，甚至打傷了一個女僕，那是個從小把他帶大的家僕。

那天，舅舅第一次板起臉責備他。

「閉嘴，你以為你是我爸媽？」他丟下這句話後，便收拾了衣物、積蓄離開這間豪宅。

在往後的兩年半中，他成了最卑劣、低下的那一群人。他租了一個便宜的套房，不停地酗酒、施打毒品，這些東西能夠讓他暫時逃離每晚的惡夢，他靠著亞巴頓換給他的那隻厲害的拳頭，和早已將性命拋諸腦後的決然，在某個小幫派中頗得該幫老大的賞識，一戰又一戰，打出不少轟轟烈烈的事蹟。

在一次偶然中，他遇見了從前的家僕，才知道舅舅在他離家的那一晚，病情便惡化到無法下床行動，只幾天的時間便過世了。

「主人臨終前……將名下所有財產都讓給周管家繼承……少爺、少爺，你別激動……主人不是不愛你，他擔心你無法管好自己，財產終有揮霍殆盡的一天，他將財產給周管家，為的是要讓周管家來照顧你。他說……他說你是個心地善良的孩子，他說你是一時迷失了自己……這些日子，周管家一直等著你回去，少爺，你好好想想……」家僕那時被莫維其揪著衣領，痛哭失聲地說。

「誰希罕他照顧，誰希罕什麼遺產，你給我滾——」莫維其當時憤怒到近乎失控，但之後他仍將自己關在屋裡，哭了整整三天。

或許是舅舅的死訊敲醒了他，他開始厭倦這種逞凶鬥狠的日子，最後終於做出了決定，幫老大打完最後一戰，解決掉那個和老大爭奪地盤的囂張矮子後，便和老大說再見、和他的幫派說再見，去一個沒有人認識他的地方生活，他不要遺產，不要人照顧。

於是他悄悄地搬了家，來到這間老舊、靜僻的單身套房，並在兩天後參與了最後一次幫派行動。

然而，當他將對手幫派的幾個傢伙打倒，將他們的老大黑熊——那個囂張的矮子——雙腿折斷，腿骨穿刺出肉，他卻從黑熊腿部傷口淌出的血泊中見到了那個觸發他心底恐懼的字跡——

第二個預兆將要發生

恐怖的記憶一下子狂湧而出，讓他意識到自己將再次墜入地獄。

他甚至沒和老大道歉告別，就抱著頭、像頭讓猛虎追逐的小鹿一般遁逃回家，蒙著棉被躲了一個晚上。然後趁著風和日暖的正午，購買大量食物和一些稀奇古怪的驅魔用品，再將家中所有的門窗封死，只留下一扇能讓他看看太陽的氣窗。

就這麼一直到了今天。

□

喀吱、嘎吱、咕嚕、呼嚕⋯⋯

莫維其睜開眼睛。

在永無止盡的恐懼之中，他打起瞌睡，然後讓一陣奇怪的聲音驚醒。

套房中瀰漫滾動著詭譎的紫色流光，莫維其身子發出激烈的顫抖。

客廳破舊的沙發上坐著一個人，那人蹺著腳，欣賞著斜倒在門旁的破碎電視機。

電視機嚴重毀壞，但殘破的螢幕上還是出現了影像——三年前莫維其吃食活豬的模樣。此時縮在床角的莫維其也見到電視機中自己的模樣，他驚恐而悲傷地哭了。

沙發上那人轉過頭來，他戴著高頂禮帽，身穿漆黑燕尾禮服，有著一張青白長臉和鷹勾長鼻，兩隻細長的眼睛下方塗畫著黑色神祕紋路，眼瞳閃動著橘黃光芒，頭髮微捲及肩。

「維其，你好。」那人禮貌地向莫維其點了點頭。

莫維其愣愣地看著他，不答話。

那人站起，莫維其不禁顫抖了一下。他再次向莫維其行了禮，微笑地問：「你知道我是誰嗎？」

莫維其搖搖頭，嚥下幾口口水，手心與前胸後背全都濕透了。

「我是『莫斯提瑪』，是天堂之中、地獄之中、凡世之中最厲害的魔術師，也是你將來的夥伴，幸會。」莫斯提瑪這麼說，臉上浮現出狡獪的笑容問：「你應該知道我是來做什麼的。」

莫維其更害怕了，卻仍然搖了搖頭。

「你不知道？你看看你的手。」

「啊……啊……」莫維其哀嚎叫起，他的左手發出了被烈火燒灼般的疼痛，和三年前一模一樣，他拆解著左手繃帶，看見左手背上緩緩浮凸起三行字——

預兆二：真相
替你換上惡魔之眼
他要你看見地獄

「嘿嘿，這就是第二個預兆。」莫斯提瑪輕聲地說，緩緩拍手，以指輕繞幾圈，四周晃動閃爍，客廳中央升起一座手術台。

莫維其嗚咽一聲，緊咬牙關；他握著鋁製球棒，一手在口袋中掏摸那些驅魔物件，抓出一個十字架鍊飾，指著莫斯提瑪吼叫：「我跟你們有什麼仇！我跟你們有什麼仇？為什麼不放過我？為什麼要這樣對我？」

「唔！」莫斯提瑪皺了皺眉，撇過頭去，不願正視莫維其手中的十字架鍊飾。他搖搖頭說：「別這樣，你不喜歡這樣子的手術台嗎？換一個好了。」他話還未完，先前的手術台便已縮回地面，接著又浮出第二座手術台，樣式和前一款相同，但斑駁髒舊了二十倍以上，台上台下滿是黑紅血汁和肉骨碎屑，比起手術台，那更像是一個酷刑台。

莫斯提瑪矯健地翻坐上手術台，看看沾染到雪白手套上的污血碎渣，放到唇邊輕輕舐了舐，神情有些陶醉，啊了一聲說：「你不用太害怕，我親自示範給你看，像這樣躺好。」莫斯提瑪一邊解說，一邊躺直，雙腿併攏、雙手緊貼於雙腿邊，血腥手術台喀啦一聲，五道條褐黑皮帶倏地彈出，將莫斯提瑪的雙肩、手肘及胸膛處、手腕及下腹處、雙膝、雙踝緊緊束縛住。

「看到了嗎？然後是這樣。」莫斯提瑪這麼說，吊著眼睛看看自己腦袋的方向，手術台又伸出幾條鋼鐵支架，緊緊箍住了腦袋。

「然後是重頭戲。」莫斯提瑪嘿了一聲，臉頰兩旁的手術台鐵板上，各伸出一隻褐黃枯瘦的手，兩隻手都只有食指和拇指，其餘三指自根部截斷，兀自淌冒著鮮血。

兩隻手將莫斯提瑪的左眼皮牢牢撐開，莫斯提瑪的左眼發出了妖異的橙色光芒，他解說著：「就是這樣，維其。待會兒你只要躺上來，其餘的都讓我來處理就可以了。」

「惡魔——」莫維其狂叫一聲，撲衝下床，高舉球棒，狠狠地朝被緊箍在手術台上的莫斯提瑪砸下，正中他的臉部。「啊啊——」莫維其發狂地狠砸著，一棒接著一棒，足足打了幾十下才罷手，拄著球棒吁吁喘氣。

莫斯提瑪的身軀讓莫維其敲砸得慘不忍睹，不停地嘔出黑紫色的血漿，無力地說：「你不想上手術台……可以跟我說……我很好說話的，為什麼攻擊我呢？這樣好了，我躺著，你動手，就這麼說定啦！」

莫維其驚怒至極，又揮動球棒，往莫斯提瑪身上砸去。

這時，手術台轟隆一聲，數支生鏽鋼鐵支架鎖住了莫維其的雙手雙腳。四周瀰漫起紫色煙霧，一扇莫名的門推開了，一個死狀極慘的護士推著手術器具進來，抓捏著棉布，替莫斯提瑪擦了擦汗，又替莫維其擦了擦汗。

「莫醫師，動手吧。」莫斯提瑪嘿嘿地笑著。

「放開我！放開我！」莫維其大吼著，他的雙腳讓鋼鐵支架緊緊綁縛著，雙手也被鋼鐵支架密實纏繞；那些鋼鐵支架生出了鐵絲，將莫維其的十根手指都緊緊纏繞，控制了他雙手所有的動作。

莫斯提瑪儘管全身讓莫維其砸得亂七八糟，但臉上被那雙二指手撐開來的左眼還是安然無事。

恐怖護士將一柄閃動著銳利鋒芒的手術刀交到了莫維其的手上。

莫維其的手不由自主地動了，他見到自己在莫斯提瑪的眼瞼上劃下第一刀時，便崩潰大哭，纏繞在他肩頸上的鋼鐵支架立時架住了他的頭，同時也生出四隻二指手，這次的手僅有食指和中指，兩上兩下地撐開莫維其的雙眼，迫他全程目睹著自己替莫斯提瑪進行「手術」。

莫維其啊啊哭著，度過了極度恐怖殘忍的十分鐘後，他的一隻手上捧著莫斯提瑪的左眼，而恐怖護士一直在他身邊輔助著，偶爾以濡濕的冰涼酒精棉布替他擦擦汗，使他不至於暈厥。

莫維其的眼淚不停地湧出，他已說不出話了。

莫斯提瑪卻十分滿意地欣賞著自己被取出的眼珠，又看看莫維其，說：「醫師，你的技術十分好，順利完成了第一步驟，但是接著你得進行難度更高的第二步驟，你一定知道第二步驟是什麼，是不是？」

莫維其的身子不由自主地強烈顫抖著，他當然知道第二步驟是什麼。但是他完全無法反抗，恐怖護士來到了手術台的對面，舉起一面鏡子，抬到莫維其面前。

莫維其絕望地喘著氣，雙手被強迫地往上抬舉，手術刀閃耀著淒厲的凶光。

接下來的二十分鐘，莫維其經歷了一場比三年前更加慘烈殘酷的煎熬，他的屎尿不停失禁，喉嚨喊得沙啞失聲，左手背閃耀著預兆紅光，全身汗流不止，眼淚和著血不住地滴落。

當他終於將莫斯提瑪的橙黃色眼睛換去自己原本的眼睛時，那四隻二指手終於鬆開了他的頭，他身上的鋼鐵支架也一支支地退去消失。

鎖在莫斯提瑪身上的皮帶鬆開，他瀟灑地翻身下了手術台，一身華麗的燕尾服上連一點血污也無，身上也毫無傷痕，僅僅只有左眼窩是個空洞，淌掛著一道血。

莫斯提瑪親吻了恐怖護士，吩咐她推動工具小車離去，然後莫斯提瑪拍了拍莫維其的臉，將他抱起放上床鋪，拉來棉被替他蓋上，還在他額上親吻了一下，像是大人哄小孩睡覺般地說：「乖，都過去了。睡吧。」

莫斯提瑪臨去之際，手上還提著一件外套，那是莫維其的外套，他把它抖動了幾下，抖出一些驅魔物件。然後莫斯提瑪興致勃勃地在莫維其面前把玩那些驅魔物件，將聖水飲下、將符籙撕碎、將十字架彎折扭曲，最後說：「你得弄個大一點的，呵。」

莫維其躺在床上，仍不停顫抖，愣愣地看著莫斯提瑪說完，隨即消失，四周恢復了原狀，電視機中的影像消失，抽風機還在轉動，天色隱隱發亮。

莫維其在床上癱躺了很久很久，終於起身，呆愣愣地將地上的屎尿穢物清除乾淨，將電視機扶正，開始拆卸窗戶上釘著的木板。他的心中五味雜陳，至少有兩種念頭響著，一個念頭是「不想活了」，另一個念頭是「終於熬過來了，至少能清靜三年」。

他將窗子上拆下的木板扔在牆邊，拉開了窗簾，想看看日出。

一片血紅。

窗外的世界燃燒著烈火，無數惡靈在火中嚎叫、狂歡、互虐、廝殺，他看見了煉獄。莫維其瘋狂吼叫著，他衝到浴廁裡，對著鏡子一看，他的左眼瞳是橙黃色的。跟著浴廁鏡子閃了幾閃，出現了棟墨黑的血腥建築，在建築室內一角，惡靈們簇擁著一個身上綑綁了鎖鍊的年輕男子，拖拉著他，將他吊了起來。

那是阿詹。

「不……不……」莫維其失聲痛哭。

他看著鏡中的影像，那個崇拜他的阿詹，在鏡中的影像裡，被惡靈們包圍、綁縛、吊起，然後是一連串慘絕人寰的殘酷虐待。

「住手，住手——」莫維其抱頭痛哭，以頭撞擊牆壁，他大叫一聲，猛一揮拳，擊碎了浴室鏡子。

他悲憤至極，全身乏力，覺得天旋地轉，最後他雙膝一軟，失去了知覺。

□

鮮花的香味瀰漫在空氣當中，綠草也散發出清新氣息。

莫維其趴伏在柔美的花叢中，不停地流淚，即使在夢中，他也是那麼地痛苦。

一雙小腳走來，在他面前站定。莫維其撐起身子，仰頭看去，是那褐髮小男孩。莫維其無力再有什麼反應，緩緩低下頭，默默地流著眼淚。

小男孩蹲下，憐憫地看著狼狽的莫維其。儘管莫維其此時的身形比小男孩高壯許多，但小男孩仍像是疼愛一條受傷小狗那般，輕撫了撫莫維其的頭髮，說：「我們三年前見過面。」

莫維其坐起身來，茫然發愣，點了點頭。他當然記得，三年前那夜的所有過程經歷，他永生難忘。

「首先，我需要你將我當成朋友，可以嗎？」小男孩正經說著，伸出手。

莫維其點點頭，也伸了手，和小男孩輕輕一握。

小男孩笑了，紅通的臉蛋像極了蘋果，捧起莫維其滿是血污、淚痕的臉龐，撥開他的頭髮、親吻他的額頭，有一股溫暖而芳香的氣息流入了莫維其的身體，像是替乾枯衰竭的身軀注入了一絲靈光泉水。

小男孩一個字一個字地說：「他在你的手上寫下七個預兆，預兆全部實現之時，永夜將會降臨，陽光永遠消失。因此，祂也給了你三個諾言——當你祈禱時，痛苦將遠離你；當你背棄黑暗時，你會得到力量；當你心中再也無懼，起身對抗黑暗之時，祂將賜你一千柄劍、一千面盾、一千把弓和一千對羽翼。」

「我不懂……」莫維其茫然聽著，搖了搖頭。

「你以後會明白的。」小男孩笑著，然後將一個東西擺放在他的掌中，那是三年前那夜的夢境中，小男孩送給他的樹枝十字架，這時的樹枝十字架，一點也沒有變，還是那樣地簡陋不起眼。

「他不怕這個……」莫維其回想著莫斯提瑪把玩他那些自雜貨店買來的聖水聖物時的頑皮神態，絕望地嘆了口氣。

「這個不一樣。」小男孩自信地微笑，將那樹枝十字架按了按，扳動莫維其的手指，要他將這東西緊緊抓牢。

莫維其也不置可否，默默握著手中的樹枝十字架，眼神中仍是茫然。

「他們不會停止對你的侵擾，首先你要做的事，就是不要畏懼。」小男孩站起，陽光自他的背後射下，莫維其只覺得有些刺眼，不由得用手遮擋在額間。

小男孩轉身，笑著離開，莫維其有些不安，大聲問著：「……朋友，你到底是誰？」

小男孩轉過頭，只是朝他一笑。

他覺得四周更亮了，變成了一片白。

第二章

看見了最醜陋的東西

Mastema

莫斯提瑪，在希伯來語中意指「惡意」。傳說中因為與人類女子結合而犯下罪，是少數仍聽從神之旨意行事的墮天使。

莫維其醒了，他在浴室中醒來，手中還握著那個樹枝十字架，同時也感到身子沒有那樣虛弱了。他掙扎起身，以一手遮著左眼，他不敢以左眼視物，因為他不想再見到地獄。於是，他拿了紗布，有如包紮傷口般將左眼遮蓋起來，然後略微清洗了狼狽不堪的身子，換上稍微乾淨些的衣服。

他再度走到窗前，此時已是正午，窗外的艷陽旺盛炙烈，和方才所見的地獄煉火截然不同；方才那是與邪惡同流合污的火，然而此時的亮潔陽光，卻彷彿能燒盡一切邪惡。

他突然十分想要出去走走，讓陽光照耀自己的身子。

他下了樓，低著頭，一手微微摀著左眼，另一手置於外套口袋，輕抓著那巴掌大的樹枝十字架，在街道上漫走。

他與一個在家門前低身整理花盆的中年婦人錯身而過，又穿梭過幾個正在追逐嬉鬧的小孩，接著和個肩扛啤酒準備送往街角雜貨店的運貨工人擦了肩。

莫維其的頭一直沒有抬起，他專注地盯著自己的腳尖。

他繞了幾大圈路，他覺得有些口渴，便進入便利商店買瓶冷飲，到路旁的角落緩緩喝著，他看著往來路人，吸著戶外空氣，遮額抬頭探看艷陽，他這才覺得先前的消極躲避是個錯誤。

他那黏膩、髒亂的小屋中儘管亮著許多盞燈，但那燈光是種死白，是沒有生氣的亮；他將門窗封死，卻反倒讓自己無路可逃；儘管他偶爾能透過氣窗看看夕陽，但遠不如現在和暖陽擁抱來得讓人感到心安。

「七個預兆實現了兩個，我犯下了罪、我看見了地獄……還有五個……下個預兆什麼時候會出現？下一個惡魔什麼時候找上我？哼哼……我得做些什麼，惡魔……惡魔，哼哼，好樣的！」莫維其喃喃低語，臉上似乎閃過一絲以往的風采，讓他看起來瀟灑了些。

他不再低著頭，反而撥了撥頭髮，大步往前走，還和一個擦肩而過的上班族女郎互相勾視了幾眼；在不久之前，他這種眼光只敢往應召女郎身上招呼。他總算恢復了一點點自信，覺得自己還像是個人。就在他的目光從那名上班女郎身上拉回前方之際，他見到前頭馬路對面佇立著幾個人，那些人絕非善類，正確來說是和莫維其同一類人。

莫維其看著他們，他們也看著莫維其，在極短的一瞬間，他們和莫維其同時發出了呼叫聲。那些人是另一個區域的地方幫派份子，他們的老大在幾天前被莫維其打殘了雙腿。幾天來，他們三五成群地在莫維其出沒的地方搜尋，發誓要將這傢伙的雙腿折成四截。

儘管亮紅的交通號誌將莫維其與這票幫派份子相隔於馬路兩端，但莫維其仍轉身便跑，同時也聽見背後射來的叫罵追逐聲。那些幫派份子當然沒將紅燈當作一回事，他們憤怒地拿出褲袋中的扁鑽、抽拔出插於腰際的西瓜刀，張牙舞爪地奔衝而來。

若是平時的莫維其，他會一面在巷弄間逃竄，一面撥打手機向自己的幫派弟兄求援，順道伺機將那些傢伙一一打倒，但不久前他已決心和他所屬的幫派分道揚鑣了，他甚至一點也不想和身後緊追不放的幫派份子打鬥，儘管他有一隻凶猛的右手——亞巴頓的右手。

莫維其快捷地奔跑許久，將那些傢伙甩脫在數條街之外。他左繞右拐，轉入一棟建築大樓，這是一間老舊的圖書館。

在光輝的學生時代結束後，閱讀對莫維其來說已經失去了意義，但他每個月都會特地來到這間圖書館，上二樓，轉進廊道末端的廁所裡，以五千元和一個小毒蟲換得三小包「藥」，用以緩解他不時發作的癮頭。

他喘著氣、抹著汗，進入電梯，青青慘慘的窄小電梯中瀰漫著一股菸味與汗味的混合氣息。這個圖書館人不多，也因而成為遊民晃蕩歇息、享受免費冷暖氣的地方。

正猶豫不知該按下幾樓時，一隻白皙的手自門縫鑽入，壓按那電梯門緣，電梯門又開了，莫維其只覺得眼前驟然一亮，似乎有股柔和的香風吹拂進來，將那些汗味、菸味都驅散吹飛。

莫維其不由得向後一退，還伸手遮了遮眼。他覺得這陣光太亮了，卻是如此溫暖而動人，令他有些自慚形穢。在亮白模糊的影像之中，像是有個天使張揚起背後的雪白雙翅，向他步來，一片片白羽隨著香風拂進，在他臉頰旁劃過、在他身軀間流灌旋繞，充滿了整個電梯。

「妳是天使嗎？」他忍不住伸手去抓，想接下一片羽。

「謝謝。」

莫維其回了神，沒有天使、沒有白羽，那是個樣貌清秀，一手捧著兩大綑書、另一手提著兩塊用白布包覆綑實的大板子的女孩。莫維其前一刻為了接下白羽而伸出的手，此時便抵著女孩懷中那兩綑書中似乎快要掉落的一綑，所以女孩向他道謝。

「嗯……不……」莫維其縮回了手。

若是三年前的他，便會撥髮露齒微笑，說些親切而得體的話，讓女孩對他多添幾分好感，但此時他僅能將手在外套上摩挲幾下，低下頭，稍稍抬手遮掩他那纏著紗布的左眼。

那女孩費力地整理了懷中的書和兩塊大板子，從板子邊緣白布揭開的一角，能夠見著那是兩幅裱框的畫。

電梯緩緩而上，很快又停了，電梯門再度打開，女孩看了看莫維其一眼，忍不住笑說：「我不是天使，我是圖書館館員。」她捧著書、提著畫，出了電梯。

莫維其也跟了出去，想解釋些什麼：「我……我看錯了。」

「但我的畫的確是天使沒錯。」女孩說，她費力地揚了揚手中的畫。

女孩轉入了職員室，莫維其只好向四周看了看，走進一排排的書架區，四周冷冷清清，只有在靠窗邊的座位區有幾個流浪漢趴著睡覺。

莫維其走過一排一排的書架，手指在一本一本的書背上劃過。他好久沒看書了，甚至連報紙都沒看，頂多在與幫派朋友交談說笑之際，翻翻幾本情色寫真，講幾句下流評論。

他彷彿想起了什麼，加快了腳步，他來到宗教書籍區開始四處探找，他突然想要多瞭解「那些傢伙」一些。

「亞巴頓……莫斯提瑪……亞巴頓……莫斯提瑪……」莫維其還記得那兩個惡魔的名號，他翻找每一本書籍，卻遍尋不著他想要的資訊。

無聲無息，一個身穿西裝的瘦削男人自莫維其背後走出，與他擦身而過。莫維其注意到眼前那男人的西裝如墨一般黑，一點綢褶反光也無；他注意到那男人垂下的手裡揪著的黑皮書，不論是封面、封底，或是書背，上頭一個字、一個圖樣都沒有，是百分之百的黑。

男人背對著莫維其，緩步向前走，順手將那本「黑書」放上了側邊書架。男人在繞過書架末端、轉向朝廊道走時，略略撇了頭。

莫維其隱約見到那男人的臉上黑毛密布、顴骨向前突出，那絕不是正常人的臉，但他還沒來得及看清楚，那男人已經轉向離開。

莫維其讓那男人散發出的莫名黑色壓力給釘在地上，他雙腿發軟、雙耳鳴響，他見到前側方那本直立於書架上的黑書猶自發散著神祕氣息。他咬緊牙關，伸手按了按懷中的樹枝十字架，試圖讓自己不那麼害怕，他不想再受惡魔們擺佈。莫維其回想方才那男人的背影氣勢，就和亞巴頓、莫斯提瑪一模一樣，他們是同一夥的。

他往前走去，猶豫地拿下那本「黑書」，深深吸了一口氣，這才翻開了第一頁。

黑暗從書頁爬上他的手掌、手腕、手臂，他全身發抖，趕緊拿出口袋中的樹枝十字架，緊緊握牢，那些黑色的奇異條紋便又從他的手臂褪至手腕、縮回手掌、流回書頁。

黑書的第一頁是鮮艷的紅，字卻是黑色的，那些字猶如浸泡在血中的蚯蚓一般，滑溜游動，但莫維其仍然認得那些字——

六百六十六年，漫長的等待過去了，地獄的煉火將再一次從裂縫中爆發，美好的樂園將要降臨了。

七個他當然不夠，我們還欠缺第八個他、我們需要第八個他、我們將找到第八個他，我們再一次以千萬年的怨恨，吟唱出七個預言——

罪行——替你換上惡魔之手：他要你犯下罪。

真相——替你換上惡魔之眼：他要你看見地獄。

聆聽——替你換上惡魔之耳：他想對你說話。

腐臭——替你換上惡魔之鼻：他要你聞嗅死亡氣息。

吟唱——替你換上惡魔之聲：他要你吟唱魔鬼之歌。

飲血——替你換上惡魔之口：他要你啃噬人肉、品嚐鮮血。

新生——替你換上惡魔之心：他將變為你；你將變為他。

當第七個預兆實現的時候，第八個他便會出現。

我們八個，將引領黑暗，上去、再上去，我們將在地上建築樂園，我們將在天上建築樂園。

於是，底下、上頭、更上頭，都是我們的樂園——

我們聽著哭聲入睡；

我們飲用鮮血開胃；

我們觀賞煉火燒燬一切；

我們將天使的羽翼一片片摘下，編織成地毯，踐踏永世；

我們將要處置祂；

現在，你，將成為第八個他。

莫維其一字一字地讀，漸漸地口乾舌燥，四周彷彿吹捲起乾燥且帶著腥臭味的風。他覺得纏繞著紗布的左眼皮下不停跳動，一些花花亂亂的景象在他左眼裡閃爍著。他的左眼發出了無比的奇癢，他彎下腰，忍不住隔著紗布揉起眼睛，但那奇癢一點也無減緩的跡象，反而向外擴散，像是有許多蟲在他臉上四處搔爬。他不停地摳抓癢處，將紗布抓得鬆脫，他的左眼露出了一小角，那一角是殷紅色的，且微微睜開。

在左眼睜開的一瞬間，莫維其見到前方是間房間，黑色的大磚牆上沾染著千年的猩血痕跡，角落堆擺著各式各樣的刑具、火爐、木樁、鎖鍊，以及骨骸。

但他無暇細看每一個刑具，因為在這小房間的正中央，豎立著兩支纏繞著鐵鍊的木柱，鐵鍊吊鎖著一個人，那人是阿詹——他身上沒有一處完好的地方，盡是飽受苦刑的痕跡、眼神空洞——這兒是地獄的刑求室。

「啊——」莫維其驚叫著，向後彈跳，撞在身後的書架上，他趕緊伸手捂住左眼，刑求室的景象登時消褪了。

他倒坐在地上，倚靠著書架不住喘氣，他見到腳邊的黑書讓燥熱的風吹得緩緩翻頁，每一頁都只有一個字——

第、三、個、預、兆、將、要……

「啊！」莫維其彷彿觸電一般向前撲去，將那黑書闔上，他用膝蓋壓著黑書，一面將頭上的紗布纏繞緊實。他心慌意亂，在自己身上發生的第一個和第二個預兆相隔了三年，但這次，第二個預兆之後的隔天，也就是此時，他卻又見到了第三個預兆即將到來的警示。

莫維其回想起昨晚那幾乎要使他發瘋的換眼酷刑，忍不住發起了抖來，頭皮一陣一陣發麻，第一個惡魔替他換手，第二個惡魔換他眼睛，第三個惡魔……要換去他什麼？

他試圖回想剛才看見的內容，似乎是……耳朵。

他彎腰去摸找膝下的黑皮書，想再看個清楚，但他這才發現，他膝蓋下壓著的，哪裡有什麼黑皮書，只是一本過時的電腦軟體教學。

他抓著那書站起，焦躁地翻頁，裡頭全是軟體教學內容，他剛才見到的晃動血字，此時一個也找不著。他四處翻找書架的前後左右，那本黑皮書憑空消失了。

他焦慮地搔抓頭皮，用腦袋撞著書架，發出了碰碰的聲響。

他頹喪地走出書架區，想離開這裡；他知道自己必須逃亡，卻不知道該逃向何方。

他走過一排一排書架，他見到方才在電梯中遇見的圖書館館員，推著一台裝有各式書籍的小籃車，將一本本書放上書架歸位。莫維其將腳步放緩，從書和書之間的間隙，看著那女孩忙碌的樣子。

莫維其看著她推車、低頭取書、抬頭將書放上書架、再推車、低頭取書⋯⋯

不知怎地，莫維其總覺得那女孩的背後應該要生出一對羽翅，這樣才能與她天使般的臉孔相稱。

莫維其站在書架邊，腦袋抵在書架上，恍然出神。他見到一個流浪漢攔住那女孩，流浪漢一臉通紅，似乎喝了酒，一手按著那書車，另一手伸出去觸碰女孩的臉和頭髮。

「阿伯，你喝醉了，你坐下休息好嗎？」女孩退後了兩步，這是間私人小圖書館，是一個當地老人捐錢建造的，員工稀少，也沒有警衛。

那流浪漢並不理會女孩的話，他「呃」了一聲，打出一串發散惡臭的酒嗝，大力地在女孩臉上撫摸起來。

女孩驚叫一聲，又後退幾步，回頭，向其他流浪漢喊叫：「阿伯，你們的朋友喝醉了，幫幫忙好嗎！」

幾個坐在角落的流浪漢，用一種空洞呆滯的神情望著女孩，一點也沒有要起身幫忙的意思。平時他們窩聚在這小圖書館中歇息，圖書館的員工並不驅趕他們，他們也對這些館員和和氣氣，甚少惹是生非，有些陌生傢伙在這兒吵鬧，他們還會出聲幫忙，但今天不知怎地，他們和平時似乎有些不同。

「你別這樣！」女孩讓那流浪漢抓住了臉頰，她見到那流浪漢兩隻眼睛瞪得老大，心中驚慌，奮力地掙扎著。

莫維其抓住了那流浪漢的手腕，緊握。

「噫呀——」那流浪漢鬆開了手，跌跌撞撞地向後逃去。莫維其右手的手勁出奇得大，在那流浪漢的手腕上握出了一圈深紅色的瘀跡。

「妳沒事吧……」他隨口問著。

女孩蹲下將地上那些被那流浪漢撞落的書一本本拾起，放上書車，笑了笑，反問莫維其：「我沒事，你呢？你看來似乎比我更需要幫助……」

女孩補充說：「我剛剛整理書的時候，見到你用頭撞書架……」

莫維其看了女孩一眼，他見到女孩的雙眼誠摯清澈，與他這些年來打交道的朋友們的眼神截然不同。他忽然之間有種感覺，覺得這女孩或許真的能夠幫他些什麼，儘管他連自己需要什麼樣的幫助都說不上來，但他還是忍不住問了：「妳……能幫我什麼？」

女孩噗哧一笑，說：「我得先知道你碰上了什麼樣的困難，才能決定怎麼幫你……再不然，我至少可以幫你將紗布重新包一次。」

莫維其摸摸臉上那隨手纏繞、凌亂交雜的紗布，點了點頭。

「那，跟我來吧。」女孩微微一笑，轉身走，莫維其這才注意到女孩右腳走路時有些不自然，一跛一跛的。

他跟著女孩來到了圖書館的員工室，裡頭空間不大，陳舊樸素，擺放著幾張桌椅，一面牆上掛著好幾幅畫，畫的都是張開翅膀的天使，圖畫中的天使臉上都帶著微笑。

莫維其在一張椅子前坐了下來，任由女孩替他解開頭上纏繞著的紗布，他的左眼仍然緊閉，外觀上沒有什麼異狀，女孩緩緩地、溫柔地將紗布重新纏繞包紮，隨口說：「你的眼睛看起來沒事……」

莫維其沒有答話，仍專注地以獨眼看著女孩身後牆上幾幅天使畫作，他問：「牆上的畫……是在哪裡買的？」

「不是買的，是我畫的。」女孩清脆地回答。

莫維其將視線從牆上的畫移到了女孩臉上，他開始認真地打量起女孩的樣貌，一股異樣的熟悉感突然湧冒了出來。

女孩被他瞧得有些不自在，雙手繞在莫維其的腦後，匆匆將紗布打了個結，便後退了一步笑說：「好了……但是我想你需要的幫助應該不只這樣。」

「就連我自己也搞不清楚我需要什麼樣的幫助，沒有人能夠幫我……」莫維其喃喃說著，站起身來往外頭走，又忽然回頭指著牆上的畫，問：「我能向妳買一幅畫嗎？」

女孩先是一愣，而後苦笑說：「我沒有在賣畫……」

「嗯……」莫維其低下頭，轉身離去。

「欸，不過……」女孩自他背後追上，拉過他的手，將一張紙片塞入他手中。

那是一張名片，莫維其看了看，名片上的頭銜是一個畫室老師，有地址和聯絡電話，他看看名片，再看看女孩，問：「文老師？這是妳嗎？」

「不，文老師是畫室老師，我在那裡向她學了一年畫。」女孩說：「我叫小夏。明天上午，你來畫室找我，我有一幅畫快要完成了，可以送給你。」

「咦？送給我？」莫維其有些受寵若驚，雖然他這輩子女孩子送的禮物從沒有少過，但那都是在他仍然是學校風雲人物時的事了。

「啊……你別誤會！」小夏解釋：「我感覺得出你碰上了些麻煩，你的靈魂破碎了……唉，我這樣講會不會太莫名其妙。總之，我想文老師應該可以幫得上你。」

「至少，我的靈魂就是她拯救的。」小夏指指自己。她這麼說的時候，清澈純真的神情上飄過幾絲黯淡之氣，隨即又燦爛地笑了。

「好，我明天去。」莫維其也笑了笑。

□

莫維其從床上起來，茫茫然然地，屋中仍然凌亂不堪。他這才想起，第三個預兆尚未出現。

昨天他離開圖書館後，在外遊蕩了一整天，返家之後早早便睡了，他幾乎忘了那黑皮書上的預告。

他在浴廁盥洗、更換纏繞左眼紗布的過程中，覺得左眼皮不住地彈跳，每一跳，左眼便微微睜開，拍打出一片血紅。他從細微的眼縫間隙隱隱見到一些人在掙扎、一些面孔在他眼前跳動。於是他加快纏繞紗布的速度，直到白紗布厚厚地繞了腦袋一大圈，這才停手。

莫維其離開了他那骯髒狹小的獨身居所，前往名片上的畫室。

他來到一條幽靜的小巷，兩旁的建築景色寧靜而高雅；經過一排褐灰色磚牆，是一整面米色白牆，牆上是一面大窗，底下圍著一小圈紅磚砌成的小花圃，裡面開著各色花朵。

這兒就是名片上的畫室，畫室門前豎著一個廣告立牌，簡單寫著上課時間。

莫維其靠近窗戶往裡頭看，畫室中正在上課，學生不到十個。教課的女老師看不太出實際年紀，只能大概推估介於二十五至四十五之間，身材高挑，穿著米色套裝，神情溫雅淡然，嘴角微微高揚，卻不像是在笑。

莫維其見到了小夏，她坐在畫室的一角，專注地在自己的畫紙上添上新的顏色。

小夏昂起頭來，發覺了窗外的莫維其，便放下畫筆，笑著招手要他進來。

莫維其在門外躊躇了半晌，終於推開門，見到所有同學都望著自己，心中感到一股莫名的緊張。

小夏將他拉到自己身旁的空位上坐下，對他說：「文老師答應讓你在這裡觀摩一陣子，若你覺得有需要，再正式上課。」她一面說，一面將畫板、畫紙和一枝素描鉛筆一一遞給莫維其。

「小夏，他就是妳說的那個需要幫助的男人對吧，他看起來的確很像是需要人幫助。」坐在小夏另一邊的一個鬈髮女孩這麼說，惹起大家一陣笑。

莫維其低著頭，握著鉛筆在畫紙的角落磨磨蹭蹭，他幾乎忘了如何與「同學」相處，在三年墮落的時間中，他只和幫派中的夥伴幹些吸毒打架的壞事。

小夏瞪了那鬈髮同學一眼，說：「妳快畫妳的圖，妳管人家做什麼。」

「在這裡，有什麼問題你都可以問，不只是圖畫，有什麼煩惱，都可以提出來，老師和同學都會給你意見。」小夏對著莫維其說。她見到莫維其低著頭磨筆，便拉著他的手，將筆端移往畫紙的中央空曠處，說：「從中間落筆，別將自己封閉在陰暗的角落。」

「看來妳可以當老師了。」文老師輕聲走了過來，仍然以那似笑非笑的表情看看小夏，一邊看看莫維其。

小夏吐吐舌頭，將注意力放回自己的畫上。

莫維其握著筆，在畫紙上方懸空了十幾秒，抬頭看著文老師，說：「我不知道要畫什麼。」

那鬈髮同學又探頭說：「你可以畫我啊。」

文老師看著莫維其手中那空白的畫紙，淡淡地說：「你把你現在遭遇到的困難畫出來吧，用寫的也可以。」

莫維其覺得文老師的說話聲音有種莫名的說服力，使人覺得必須服從她，然而又並非出於恐懼，反而比較像是面對慈祥長者時的感受。

那鬈髮同學又插嘴說：「文老師，妳越來越不像是畫圖老師，比較像是心理醫生。」

小夏和她抬槓：「阿蒂，平常怎麼不見妳話那麼多。」

莫維其閉了閉眼，開始作畫，他以拙劣的技巧在畫紙的中央畫了一個方形，再加上四支柱腳，那是張桌子。跟著他在桌子四周畫了幾個人，是他的舅舅、老管家，以及其他佣人。而他將自己畫在角落的一張門縫後朝餐桌看。

他不停地在畫中的自己背後加深陰影，塗得一片黑，跟著又在身上畫上好幾條黑線，黑線向四周延伸，最後在黑線的盡頭畫了一隻長滿長毛的黑色怪手，那怪手抓握著黑線，綑綁纏繞著他。

莫維其像是著了魔，不停在畫中的自己身上加上更多黑線，更多更多的黑線。他出力甚大，在畫紙上刻出一道一道痕跡，發出了沙沙沙的聲響，他的神情痛苦，每畫出一道黑線，都令他想起自己幹過的一件壞事。

「或者，你可以在你的手上，畫一把剪刀。」文老師的聲音鑽入了莫維其的耳朵，令他停下筆來，發了一會兒愣。

「剪刀沒有用。」莫維其漠然地說。

「那就畫一柄斧頭。」

莫維其再度抬起頭，看著文老師，嘿嘿笑了出來：「斧頭也沒用，這些黑線剪不斷、砍不斷、燒不斷，就算是神，也弄不斷這些黑線。」

「誰說的！」一直默默作畫的小夏，這時拿著畫筆湊了過來，在莫維其的畫上抹了一筆，一道白色顏料抹在一條黑線上，她說：「誰說神弄不斷，連我也弄得斷。」小夏邊說，邊不停晃著手上沾有白色顏料的水彩畫筆，一筆一筆將莫維其畫中的黑線斬斷，她又說：「你必須試著動手。」

那叫作阿蒂的髮髮同學湊了上來，問：「你們在玩什麼？」

莫維其攤了攤手，無話可說，任由小夏將他畫裡每一條黑線都抹成了好幾段，小夏還在畫中那蜷縮在角落的莫維其後背處加上了兩翼白翅、腦袋瓜上抹了一輪光圈。

「哈哈，我不是天使。」莫維其莞爾失笑，聳聳肩說：「我是被神遺棄的傢伙。」

文老師在學生座位間漫走，一一指點學生們作畫，她再度來到莫維其身後，雙手按了按莫維其的肩膀，將頭低下，在他耳邊說：「神不會遺棄任何人，除非人自己遺棄了自己。」

莫維其開始他的第二張畫，畫的仍然是他自己，直挺挺地站著。他畫圖技巧拙劣，人物面貌歪斜醜陋，畫中的他臉上沒有纏繞紗布，兩隻眼睛都圓圓睜著，他在畫中自己的左眼處塗塗抹抹，讓左眼淌下一道道污跡，又將右手部分畫成了一隻滿是長毛的怪手。

接著，他將畫中自己的一隻耳朵畫得又尖又長，如同電影裡的幻想妖怪。他回想著黑皮書上的敘述，猶然記得接下來將要發生的預兆中還有嘴巴、鼻子……心和聲音？應當是指心臟與聲帶吧。於是他將自己的嘴巴畫得又大又黑，豎滿利齒，掛出一條分岔長舌；他將自己的鼻子畫成長滿黑毛的豬鼻子；他在脖子部位畫上一個個噁心腫瘤……最後，他將畫中自己的心臟部位畫上一個漆黑的、不知是什麼的怪東西，代替原來的心。

「即使像這樣一個惡魔，神也不會遺棄他嗎？」莫維其停下筆，哼了幾聲，看了文老師一眼。

文老師正在自己的示範畫作上增添筆觸，她看也不看莫維其的畫，只是說：「惡魔之所以是惡魔，正因為他自己遺棄了自己。」

小夏將自己畫板上的畫作取下，遞向莫維其，說：「這是我昨天答應要送你的畫，你該拿什麼回報我？」

莫維其攤攤手：「爛命一條，無可回報。」但他還是接下了小夏的畫，畫中是一個孩童模樣的天使，趴伏在雲端向地下看。

「那你也把你的畫送我吧。」小夏伸手拿了莫維其畫板上那張怪模怪樣的自畫像，將之固定在自己的畫板上。

「我畫得那麼糟，妳也要？」莫維其打了個哈哈。

小夏凝神注視著這張滑稽的自畫像，隔了一會兒才說：「畫壞了的畫，也能修補。人，也是一樣。」

莫維其不再答話，又取了一張白紙，胡亂畫一些古怪噁心的東西，像是對文老師、小夏等人的說教表示著無言的抗議。

阿蒂悄聲向小夏說：「妳在哪裡認識他的？怎麼這麼彆扭？」

小夏苦笑了笑：「以前，我比他還彆扭。」

□

「喲！獨眼龍，你又來啦！」阿蒂這一天穿著紫色的洋裝，像是特意梳妝打扮過，她對小夏說：「妳贏了，他果然會再來，我輸得心服口服。」

小夏揉揉眼睛，打了個哈欠，沒說什麼，只是看著推門進來的莫維其，拍拍身旁的空位。

莫維其也沒說什麼，靜靜地坐下，雙手插在褲袋中，雙腿伸得直長。他似乎無意動手拿筆，也不說話，雙眼直勾勾地看著兩只鞋尖。

「腿長了不起喔，用不著炫耀吧。」阿蒂用腳輕踢著莫維其的腳尖，她嘻嘻笑著說：「你昨天晚上做了什麼壞事？你的樣子看起來像是一個晚上沒睡。」

「我的眼睛閉不起來，怎麼睡？」莫維其冷冷地說，他的左眼雖然以紗布纏繞包覆，但是每當他進入夢鄉時，那隻惡魔的眼睛是看得見的——地獄的景象在他朦朧的意識裡不停地輪番閃現，像是一齣齣殘酷默劇。儘管他有如自殺般地服食毒品和大量的酒精，但仍然無法擺脫眼睛所見，他醒了又睡、睡了又醒，反反覆覆，一夜煎熬。

「很酷的回答。」阿蒂吐吐舌頭，但仍然阻止不了自己的嘴巴：「你眼睛怎麼了？不能拆下紗布嗎？你的眼睛很好看，但是缺一顆就不那麼好看了……」她還想繼續講些什麼，小夏便以水彩筆末端刺了她屁股一下。

莫維其的眼神空洞，今天他在天亮之際，趴伏在抽風機的窗口看著太陽升起，他不知道第三個預兆究竟什麼時候會來到，他像是一個將要面臨處決的死刑犯般終日惶恐。

他不知道自己為什麼還會再來這間畫室，他不認為小夏、文老師真的能夠幫助他些什麼，但他還是來了。

儘管莫維其瞪著充滿血絲的眼睛發呆，但文老師絲毫不以為意，仍以一貫的從容語氣指導每個學生作畫。

莫維其終於拿起筆和紙，但他不知該畫些什麼。昨日他畫的圖，就像是一個倔強孩子表現出的示威抗議，但今天他已經沒有興致這麼做了，他和其他學生一樣畫起前頭的石膏像，慢慢地、一筆一筆地畫。

這一天的課程很快地結束了，莫維其一句話也沒說，隨手將他畫的幾張醜陋的圖畫扔在座位上，起身要走。

「等等……」阿蒂一面喊著，一面拉著正收拾畫具的小夏，來到莫維其面前，說：「我跟小夏打賭輸了，代價是請她和你吃一頓飯。」

「我肚子不餓。」

「你一定要這麼酷嗎？」阿蒂捂著額頭，誇張地說著。

又過了一天，莫維其仍然來到了畫室，眼神更加地疲憊無神，頭髮骯髒蓬亂，身上散發著酸臭氣味。他一進畫室，也不顧眾人的目光，大剌剌地坐下來，抓了紙和筆就畫。

這天沒有小夏和阿蒂的課程，畫室中沒有任何人和莫維其說話，文老師偶爾經過莫維其身邊時，會對他的畫指點一二，莫維其也不理會，自顧自畫著。

在上課時間結束之後，莫維其和前兩天一樣，起身就走。

在他踩踏著沉重而緩慢的步伐要離開這條雅致巷弄時，文老師來到了他身後。

他立時發覺了，轉過身看著文老師，質問：「妳跟著我幹嘛？」

文老師揚了揚手上的一只畫筒，說：「小夏今天沒課，但她要我將這個交給你。」

「這是什麼？」莫維其接過那畫筒，左右翻看。

「在黑夜之中，你看看這幅畫，看看小夏送你的上一幅畫，你想像自己身在畫中，或許能解決你的失眠問題。」文老師這麼說完，不等莫維其答話，便轉身走了。

莫維其看著文老師離去的背影，將手中的畫筒旋開，拉出裡頭的畫，張開。

這是莫維其第一日的恐怖自畫像，當時他將自己身上的器官畫得奇形怪狀、醜陋不堪，但此時，他眼中所見的畫，經過小夏的修改有了天壤之別。

畫中的莫維其沒有惡魔嘴巴，也沒有惡魔鼻子、耳朵等怪玩意兒，樣貌與真實的莫維其十分相似，唯一不同的是畫中的他沒有纏繞紗布，雙眼微閉，微微抬頭，嘴角輕鬆地上揚，兩隻手放在胸口，平躺在雲朵上，似乎正做著美夢，有一雙白亮羽翼自他肩上伸出，像是被子一般，包裹住他身上大多數的地方。

在畫的下方有一行字——

其實你能夠如此安樂，我相信你能。

第四天，莫維其依然來了，這一天，他的黑眼圈消褪許多，他骯髒的身子也換上了乾淨的衣物，纏頭的紗布換成了一個醫療用的單眼眼罩。

「昨天睡得如何？」小夏這麼問他。

「最近這幾年每一個夜晚的總和，可能都比不上昨天那一覺，我很感謝妳。」莫維其微笑回答，他的風度恢復許多，顯得像是一個紳士了。昨天那一覺，確確實實地將他從惡臭的深洞中拉回了地上，昨晚他沒有飲酒也沒有吸毒，他僅僅對著那幅畫發了很長時間的呆，便感到一陣安詳，他平躺於床上，將那個塞在口袋三天的樹枝十字架擺放在胸前，在緩緩入睡那時，他感到身體輕盈飛昇，彷如真的長出了翅膀一般。

在夢中，這一夜明亮得像白晝。他夢見了舅舅，夢見了快樂童年和學生時代的光榮歲月。在早晨噙著淚水坐起身時，他覺得自己煥然一新，幾乎覺得擁有足夠的勇氣來面對黑暗。

這一天，阿蒂倒是安靜許多，但暗暗偷看莫維其的次數卻增加不少。

第五天、第六天、第七天、第八天……預兆一直沒來。

這一天，在小夏和阿蒂的鼓勵之下，莫維其摘下了他左眼上的眼罩，為的是更加看清楚石膏像的立體構造，以改進他抓不準的比例和光線。

「我就說你的眼睛很好看嘛。」阿蒂嘻嘻笑地說，搶過莫維其的眼罩戴在自己臉上，和小夏擠眉弄眼地打鬧。

只上了半小時的課，莫維其卻漸漸地開始坐立難安，他覺得身子上有蟲在爬，焦躁莫名地充滿了全身，一陣冷一陣熱，他知道這是怎麼一回事，他的毒癮犯了。

莫維其終於忍受不了，上衣汗濕一片；他搖搖晃晃地起身，說：「我的頭在痛，我感冒了，得回家休息。」

在莫維其推門要離去時，文老師喚了他一聲，說：「莫同學，你等到了一個好機會。」

「嗯？」莫維其回頭看了文老師一眼，尚不明白她話中的意涵。

「你得到了一個選擇是否救贖自己的機會。」文老師靜靜地說。

□

莫維其上身彎弓，坐在床沿，雙手交握著，架著自己的鼻端，眼睛直勾勾地看著前方小桌上的三包白色粉末包裝——劣質海洛因。

此時他的家中經過打掃，不再像以往那般凌亂不堪，因而更顯出桌上三包毒品的突兀。

他胸口上下起伏，呼吸急促，渾身發顫，不能自抑地淌落出一些口水和鼻涕。

紅，像閃電一樣打進他的視線。

他陡然一驚，從床上彈了起來，緊握雙拳，四顧看著，他見到一片一片的血自屋中高處流洩而下，他猛然會意，趕緊摀住左眼，那血景登時消失，恐懼一下子衝潰了這些天來他在心中建築的勇氣堡壘。

他跳下床，發瘋似地尋找紗布，尋找那樹枝十字架。

當他將紗布纏得滿頭都是、將十字架懸掛在胸口時，人早已失神癱坐在小桌前的地板上。他更加難受了，癮頭像是他第一天在畫裡畫下的那些黑線一般，肆意爬漫綑繞著他全身，穿過他的手心和軀體，將他拉扯、扭曲成了一個痛苦難受的姿勢。

「啊……啊……」莫維其抱著頭咬牙哭了起來，腦袋更加接近桌上那三包劣質海洛因。

他覺得那些黑線纏繞著他的頭頸，勒緊、再勒緊，令他無法呼吸；他覺得那些黑線鑽入他的眼耳口鼻，令他感到極端難忍的痛苦，難受、很難受；他覺得那些黑線緊緊地拉動著他的手，往前、再往前。

他想要呼吸、想要驅離身上那些痛苦，他淚流滿面地說：「這次就算了！下一次……下一次我會戒掉！我……我……」

他選擇了暫時解脫。

他感到鬆了一口氣，茫茫然然地癱躺於床上。

他能夠呼吸了，雖然那只是暫時的；他身上的煎熬痛苦全部一下子消失無蹤，雖然那也只是暫時的。

直到過了很久很久，他才回過神來，起身下床，看到桌上那凌亂的三包白色粉末，突然感到一股深深的悲哀，他覺得自己錯失了文老師所說的機會，一個讓他選擇是否遺棄自己的機會。

他覺得應該做些什麼來彌補，將一疊白紙和水彩畫具，整齊擺放在桌上，這些畫具材料是小夏送給他的，讓他在家中可以練習。他又將小夏送他的天使畫作，以及替他修改的自畫像，放在桌上左右兩側作為參考。

他坐下，深深吸一口氣，在這之前他只用鉛筆畫素描，還沒畫過水彩，他憑藉著以往學生時代上美術課的記憶，將一管一管顏料擠上調色盤。

他也想畫幾個天使，儘管他畫圖技術拙劣，對水彩上色技巧和順序一概不通，但他還是畫出了一個背後長出羽翼的女性，他試著以小夏的面容作為樣本，但當然是畫得慘不忍睹，他嘿嘿笑了，心想要是讓小夏看見他將她畫得如此怪異，不知會怎麼樣。

他一幅接著一幅地畫著，都是畫一些天使在空中飛翔、在水中悠游、在草原上奔跑，他也試著畫一些高舉聖劍的男性天使，威武地踩在惡魔的肩背上，表示邪不勝正。當他這麼畫的時候，他感到一陣熱血激昂，他覺得自己又重新獲得勇氣了。他開始畫更多持劍的天使，怒眼中散發著光芒，緊握著的拳頭代表正義和勇氣。他覺得經小夏修改的那幅自畫像中，也應該要有一把威武閃耀的寶劍。他將那幅自畫像移到自己身旁，將畫中自己身上那潔白羽翼塗黑，他想替自己畫上一套威嚴的盔甲，他塗塗抹抹、修修改改，越顯興奮；他握筆的手浮出青筋，他因為激動而顯得咬牙切齒。

他還不滿足，又拿來了小夏那幅天使畫作來修改。他在小夏畫中那趴伏在雲端向下探望的小天使背後，加上一個舉著寶劍的威武天使。他亂塗亂抹，將水彩筆畫得雜亂分岔。

他不停地將顏料擠上調色盤，擠著擠著，有一管顏料已經用盡；他感到一陣焦躁不耐，呆愣愣地看著抓在手上的那管顏料，是紅色，他把紅色顏料用完了。

在這一瞬間，他彷如從夢境中摔跌清醒一般，他發現他的雙手、衣褲也沾滿了紅色顏料。

他見到了小夏那一幅天使畫作，被他塗得花花亂亂，有一個醜陋的怪物，站在小天使背後，將一柄長叉，插在小天使的背上，那小天使也是七孔流血。而那一張經小夏修改後的自畫像，也沾滿了鮮紅，原本畫中安詳閉眼的莫維其，便成了怒眼大睜的莫維其，純白羽翼變成了褐黑色怪翅。

「不……不……」莫維其愕然站起身，驚慌無措；他見到桌上、地上還散落著很多畫，畫中的人，根本不是天使，而是惡魔和一些身受酷刑的人，每張畫都是醬紅一片。

莫維其轉身想逃，卻見到了他床上也讓顏料染得花亂一片，床靠著牆的壁面上，染著一片圖畫，還不時淌下濡濕的顏料。

牆上那片圖看得出是室內，有一排排的書架，那是圖書館，有個女孩高懸於圖正中央，莫維其認出那女孩的模樣，是小夏。

那幅圖下方有一排字，莫維其顫抖著，連連喘氣，他看清楚了那行字，是一串數字，是一個日期，是數天之後。那日期後頭還有幾個字——

第三個預兆發生之時

莫維其倒抽了一口冷氣，雙腿發軟，向後退了幾步，突然見到牆上那畫逼真了起來，顏色變得更加豐富，畫中的情景晃動，貌似小夏的女孩身上被不知從何處竄出的腐鏽鐵鍊纏繞綑綁穿刺，跟著被拉扯得四分五裂，血汁噴濺。

莫維其感到極度恐懼，他發現身旁數十張醜陋畫作的情景也動了起來，一些惡魔正對著其他人施以酷刑、凌虐。

他見到小夏那幅天使畫作中的惡魔，將插在小天使後背上的長叉抽拔而出，再插入。他見到小夏替自己修改的自畫像咧嘴笑了起來，眼神放出清冽的光芒，黑色怪翅緩緩張開，赤裸的身子上爬滿可怖的符號和大疤，胸口突地裂開，一顆黑色的怪異心臟不停地顫動，每一顫動都顫出一片血紅。

「饒了我吧！」莫維其狂叫著，他坐倒在地，這才發現自己頭上的紗布早已脫落，他趕緊遮住左眼，四周的畫便不再騷動了。他轉身看著床邊牆壁，灰白一片，並沒有他方才見到的那圖書館室內的圖畫。

他激烈地喘著氣，又將紗布纏回頭上，將那些醜陋血腥的畫，以及那被他塗得慘不忍睹的小夏畫作，一起包進了垃圾袋中。

他又花了許多時間，才將那只樹枝十字架從床縫下找出，緊緊握在手心中，呢喃地祈禱：「我在夢中交了一個朋友，朋友對我說，當我祈禱時，痛苦就會遠離我，是不是真的？我該向誰祈禱？神嗎？神聽得見我的祈禱嗎？」

□

翌日，莫維其沒有再去畫室，他在中午過後，來到了圖書館，小夏正打掃著圖書館的廊道；她見到莫維其上樓，有些驚訝地上前問：「你今天怎麼沒去畫室，你身體好些了嗎？怎麼你又把眼睛包起來了？」

莫維其看著小夏一跛一跛地奔來，便對她笑了笑，說：「我對畫圖沒有太大興趣，也沒有多餘的錢繳學費，所以不會去了。」

「文老師答應讓你觀摩學習，她沒要向你收學費……咦？」小夏說到一半，像是察覺了什麼一般，皺了皺眉，停下話語。

「妳幹嘛一定要我去學畫？」莫維其不解地問。

「因為你給人的感覺，就好像靈魂被鑿穿了一個洞。」小夏靜默半晌，指了指自己說：「以前我也是這樣，我知道靈魂被鑿穿了洞的滋味，知道那種絕望到麻木、睜開眼睛看不見前方的感覺，我不希望見到有人和我一樣。」

「妳心地很好。」莫維其來到窗邊，窗外仍是艷艷晴陽，高樓玻璃反映著金金亮亮的陽光，他說：「但我只是一個無可救藥的傢伙，別說靈魂被鑿穿，就算我的雙手雙腳、五臟六腑都被鑿穿，那又如何？」

「嘿嘿，你說得好恐怖，又不是恐怖電影，誰會鑿穿你的五臟六腑？」小夏笑著說。

「你相信這個世界上有惡魔嗎？」莫維其突然冒出這一句話。

「相信啊。」小夏想也不想地說：「我就曾經夢見過惡魔，只是沒有人相信而已。」

莫維其哼了一聲，說：「我不是說作夢，我是說真實地碰上惡魔。」

「我沒真實地碰過，我只有夢見過。」小夏看著窗外，緩緩地說：「惡魔在夢中扭斷了我的腳，醒來之後，我的腳就嚴重骨折了，這算真實還是作夢？」

莫維其怔了怔，追問：「妳說什麼？」

小夏指指自己的右腳，說：「在三年前，我還夢想著有朝一日能當個舞者，但這個世界就是有那麼莫名其妙的事情，有一晚我做了個惡夢，在夢中一個惡魔扭斷了我的腳，而真實世界的我就再也沒有辦法跳舞了。」

「妳說……什麼？」莫維其張大了嘴巴，蹲下身去，看著小夏的右腳。小夏將牛仔褲腳拉高些，露出了草綠色短襪，短襪上端還露出一兩道疤痕。

「妳說這是惡魔在夢中擰斷的？」莫維其驚訝地嚷著。他抓起小夏的腳踝，拉下鞋子，又將小夏的襪子也脫去，他見到小夏的腳踝處，有好幾道疤痕。

「你幹什麼啦！」小夏被莫維其弄得哭笑不得，她推開了他，搶回襪子穿上，穿襪的過程中還指了指腳踝處幾道傷疤說：「這裡和這裡是讓骨頭刺穿的，這裡是手術的疤，惡魔在我夢中折斷了我的腳，但我爸和我媽不相信我，他們堅持是我練舞摔傷的，不准我繼續練舞。哼，其實又何必禁止，我根本無法跳舞了。」

小夏見到莫維其還瞪著她的腳看，感到十分不好意思，便穿上了鞋，嘟囔抱怨：「莫先生，你剛剛的行為已經讓我有充分的理由將你趕出圖書館……」

「妳可以閉起眼睛嗎？」莫維其攤攤手，不知該從何解釋起。

「閉眼睛幹嗎？你有什麼驚喜要給我嗎？今天可不是我生日。」小夏有些驚訝，她倚靠在窗邊，半邊臉龐讓陽光映得發亮。

「不是，但是妳可以閉起眼睛嗎？」

小夏沒有答話，但照著莫維其的話，將眼睛閉上了。

莫維其長長吸了口氣，他更加靠近小夏，用手將她臉旁的髮撥至耳際，他看著她合上的眼皮微微地轉動，他見到她的睫毛在陽光映射之下顯出金黃色澤。小夏，就是三年前那夜，亞巴頓為了逼迫莫維其吃下活豬，所折斷腳踝的那個女孩。

「亞巴頓……」

小夏聽見莫維其的說話聲音，便睜開了眼睛。

莫維其雙手按著窗，一副十分不願意去回想當時情景的模樣，聲音苦澀地說：「那個折斷妳腳踝的惡魔，名字叫亞巴頓。」

「……」小夏見到莫維其認真的神情，忍不住笑了起來，說：「亞巴頓？好可愛的名字，你和他很熟嗎？」

「你可以答應我一件事嗎？這一陣子，別來這間圖書館……」莫維其嘆了口氣，解釋著：「我有不好的預感，這裡會發生一些事情。」

小夏靜了靜，回答：「不可以，這是我的工作。」

「好吧，算我多嘴。」莫維其步向書架區，取了一本書，來到角落的座位坐下，隨手翻著。

「你多嘴完了，換我多嘴一下……」小夏來到莫維其的座位邊，淡淡地說：「雖然我很想幫你，但若你繼續碰那些東西，就算是神也幫不了你。」小夏說完便轉身離去，還回過頭來補充一句：「我聞得出你身上有那種味道。」

很快地，這一天過去了。

接下來幾天，莫維其每天都會準時到圖書館報到，他都拿同一本書，坐在角落，隨手亂翻，一個字也沒看，他的目光都在小夏身上打轉，看著她打掃、看著她整理書籍、看著她和那些流浪漢阿伯有一搭沒一搭地聊著。有時候小夏會走來，拿一張報紙擋住他的眼睛。

這一天她來到莫維其的座位旁，說：「這幾天你都沒去畫室，阿蒂一直問你上哪兒去了。」

「我上哪兒去好像跟她無關。」莫維其笑著說。

「大家只是關心你。」小夏一面說，稍稍低頭湊近莫維其肩頸處嗅了嗅，點點頭說：「嗯，很乖。」

「妳可以辭去這個無趣的工作，去應徵警犬，刺激多了。」莫維其表面上哈哈大笑，心裡倒是抽了一下，昨晚他本來又幾乎要克制不住再碰那些白色粉末的。

「說話越來越沒分寸了。」小夏拍了莫維其的腦袋一下，說：「我很喜歡這個工作，很寧靜、與世無爭……你好像真的很閒，都不用工作嗎？」

「我的工作就是等死。」莫維其嘿嘿地笑。

「那你死前也做些好事吧，幫我一個忙，到我家裡幫我把畫扛來圖書館。」小夏呼了口氣說：「我要把這裡布置成天堂。」

「真是偉大。」莫維其哼哼地說。

這一天到了休館時間，小夏帶著莫維其，先是買了一些食物，跟著來到了距離圖書館只有兩條街的小夏住處，外觀上也是一個老舊的單身套房，但裡頭和莫維其的住處截然不同，乾淨、明亮、芳香，而且擺滿了畫，一幅一幅的畫都是以廉價的木片作框。

「妳家裡好香。」莫維其四處打量著。

「是啊，我特地噴了香水，怕你嫌我。」小夏指著門邊矮櫃旁的十來幅畫，說：「我請你這頓飯的代價，就是你要把那一堆畫替我扛去圖書館。」

「那有什麼問題。」莫維其打開食物袋子，拿出裡頭的餐食，津津有味地吃了起來。

小夏打開冰箱，拿了兩罐啤酒上桌。

「看不出妳會喝酒。」莫維其有些驚訝。

「哼。」小夏哼了哼，說：「喝酒沒什麼，別吸毒就好了。那玩意兒會讓人變得和畜牲沒有兩樣。」

「妳吸過嗎？」莫維其問。

小夏沒有回答，她打開啤酒，大大地喝下半罐，呼了口氣，看看房間四周，看看自己的畫，看看小櫃上的擺飾，緩緩閉眼，說：「我很慶幸那些事情都已經過去了。」

莫維其不再追問，他一面吃，也四處打量小夏的房間。他見到電視機旁一座矮櫃上擺放著幾幀相框，其中一張照片中的小夏年紀尚輕，大約只有十一、二歲，照片中還有一對中年男女，和一個年紀和小夏差不多大的男孩子。

「那是全家福，我和爸爸、媽媽，還有哥哥的合照。」小夏這麼說，將一整罐酒全部喝光，這才開始吃起餐食。

莫維其繼續看著其他照片，有一張照片中，小夏的年紀較大些，耳朵上掛著耳機，手肘靠在哥哥肩上，小夏哥哥則是微彎著腰，雙手握拳高抬，遮住了口鼻；小夏的媽媽站在兩兄妹背後，摟著他們，開懷笑著，想來照相的人自然是小夏的爸爸了。

「妳哥打拳擊嗎？」莫維其指著那相片，問著小夏。

「是啊。」

「我猜妳應該很崇拜打拳擊的男生。」莫維其嘿嘿一笑，彎弓下身，呼呼揮出兩拳，有模有樣。儘管他已三年沒上擂台、沒打沙包，但是實戰打鬥的經驗可是從來沒有少過。

「正好相反，我恨透拳擊。」小夏冷冷地瞪著莫維其說：「你最好乖乖坐下吃飯，別到處亂翻。」

莫維其摸摸鼻子，坐下吃了幾口飯，想說些什麼化解尷尬：「我想妳哥大概用拳頭打過妳，所以妳痛恨拳擊，我猜對了嗎？」

「你又猜錯了！」小夏又瞪了莫維其一眼，跟著低下頭，呢喃地說：「我哥對我很好，他是個很好的哥哥，但不知道為什麼，他就是喜歡打拳，加入校隊，參加比賽……」

「他被人活活打死在擂台上。」小夏淡淡地說。

莫維其的手不由自主地顫抖起來，他吞下一口口水，彷彿有千根魚骨哽住他的咽喉，使他說不出話來。

「打死我哥的那個人家裡很有錢，我爸爸耗盡了家產和他打官司，最後仍然輸了。」

「我媽媽受不了這些打擊，自殺了，我媽媽死後，我爸爸得了憂鬱症，沒辦法工作、沒辦法照顧我，他將我託付給一個親戚，不久後也自殺了。」

「那個親戚不是個好傢伙，我在他家裡沒住多久就逃家了。在那兩年裡，我交了一些壞朋友……」小夏緩緩地用簡單的幾句話，將一個家庭的悲慘命運述說完畢。

百來個字，一字一句都像是一記記重拳，打在莫維其的胸口上。

他說不出話來，也不知該說些什麼，只是靜靜地將食物吃完。

「你幹嘛擺出那張臉，你覺得我很可憐嗎？」小夏哈哈笑了起來，她伸手拍了拍莫維其的肩膀，說：「那些對我來說，都已經過去了，我的靈魂上面的那個洞口，已經修補好了，有時我會為這些往事感到難過，但現在我的生命不再是七零八落的了，我很積極地面對每一天。」

「我很羨慕妳……妳走出了妳生命中的地獄，我卻還在裡頭，無止境地受苦……」莫維其呆愣愣地說著，他受到的苦難，不比小夏少，且還持續下去。

「你別這樣！」小夏繞過桌子，來到莫維其身後，按著他的頭搖晃著：「你忘了文老師說過的話嗎？只要人自己不遺棄自己，一切都是有希望的。」

莫維其反握住小夏的手，將她的手繞過自己的頭頸，將她的臉和自己的臉貼在一起。

然後他們開始接吻。

一個小時後，莫維其懶洋洋地起身，離開了小夏的床，他裸著身子，頭上仍然纏著紗布。

小夏已經穿好衣服，對著鏡子瞅著莫維其取笑：「我必須告訴你，傷患造型並沒有比較有型。」

「這不是造型。」莫維其哼了一聲，將衣服穿回。

小夏噗哧一聲又笑了，指著莫維其胸前那樹枝十字架說：「你的品味真的很與眾不同。」

「這和品味無關……」莫維其攤了攤手，將那樹枝十字架塞回領口。

「啊，都忘了我們還要把畫帶去圖書館。」小夏催促著莫維其，說：「動作快，別想賴。」

「都這麼晚了……」莫維其看看時鐘，已經接近午夜時分，他打了個哈欠，有些不情願。

「本來吃完晚飯就要搬畫的，都怪你。」小夏埋怨說。

「為什麼怪我？是妳先出手的不是嗎？」

「是你啊，混蛋！」

他們嬉鬧著下了樓，莫維其扛著兩大綑畫，看著天上明亮的圓月，覺得有一股暖流灌入自己的心臟，隨著血管流入全身。自從三年前的變故之後，他從來沒有感受過這種幸福的感覺。

小夏挽著他的手，將腦袋倚靠在莫維其的肩上，另一隻手也提著兩幅畫。

他們來到圖書館前，小夏取出鑰匙，打開了上鎖的鐵門。

莫維其突然感到不安，他想起了一件重要的事，他急急問著：「今天幾號？」

「十三號，怎麼了？」小夏回頭看了他一眼，已經來到圖書館一樓正廳之中，按下電梯鍵，電梯門很快便開了。

莫維其全身寒毛不由自主地豎立站起，他扛著兩綑畫，四顧張望地跟著小夏進入電梯，在她耳邊說：「這裡不安全，我們得快點離開。」

「為什麼不安全？」小夏覺得奇怪。

「總之就是不安全！」莫維其不知該如何解釋，只這兩句話的時間，電梯已經在三樓停下，叮咚，門開了。

廊道中暗沉靜謐，沒有一絲異狀，微弱的市街燈光自窗外射入。小夏輕盈地踩著窗影，領著莫維其進入員工室。

開燈，日光燈閃爍了七下之後將室內映亮，小夏將一幅幅畫作倚靠在員工室的角落，盤算著哪一幅該掛在哪裡。

莫維其焦躁不耐地將小夏拉起，說：「明天再來掛畫，不……明天最好也不要來了！」

「你是怎麼了！」小夏讓莫維其扯得疼痛，抽回了手，有些不悅。

莫維其怔了怔，將小夏擁入懷中，說：「妳聽我說，我希望妳相信我……相信我說的每一句話。」

「你想說什麼？」

「……」莫維其皺著眉，他有太多話想對小夏說，但恐怕得花上一些時間，他只好說：「首先……我們別待在這個地方，好嗎？」

小夏拍了拍莫維其的背，點點頭說：「好。」

他們出了員工室，準備離開，小夏瞅了莫維其幾眼，笑了笑：「想不到你怕黑。」

莫維其不理會小夏的調侃，他繃緊了神經，眼神游移不定。

「咦？」已經來到電梯旁的小夏，注意到廊道轉角處那一陣一陣的閃爍燈光，放下了正欲按鈕的手。

「有人在廁所嗎？」小夏遲疑地轉往那光芒方向走去，那裡是廁所。

「別去！」莫維其驚恐地追了上去，突地左眼一陣怪癢，像是有一條游滑的蛇要從眼窩中鑽出一般，使他彎下了身，用力按著左眼。當他再度抬起頭時，小夏已經站在那男廁門前，狐疑地往裡頭張望。

「誰在裡面？」小夏抬頭看看那閃爍著的燈，一面向裡頭望。裡頭除了三座小便池之外，還有兩間有門廁間，其中一扇門是鎖著的，小夏鼓起勇氣大聲說：「圖書館已經關了，不管你是誰，請你儘快離開。」

「放心，不會花太久時間的——」廁間裡頭傳出了這樣的答話。

隨即，那門打開，小夏感到一陣暈眩恍神，她見到一片黑暗從那門縫中急速向外擴散，在她來得及叫喚前，那黑暗便捲上了她的腳裹上了她全身，將她往那廁間拉去。

「惡魔，別傷害她——」莫維其嘶吼著衝上前，一把拉住小夏的胳臂，但他拉不動這片黑暗，和小夏一起被拉進了那廁間中。

砰地一聲廁間門關上，在這半坪不到的窄小空間之中，除了莫維其和小夏，還有一個消瘦高大、身穿高領黑色大衣的男人，這男人下巴蓄著鬍鬚，他嘿嘿笑了起來，伸出蒼白細長的手，撫摸著驚嚇縮靠在莫維其懷中的小夏髮梢。

「滾開！」莫維其暴吼一聲，一拳打在那男人的下頷之上，將他打得撞在牆上，那男人鼻孔發出哼哼的聲音，說：「亞巴頓的拳頭，怎麼這麼軟弱……」

那男人這麼說著的同時，也輕輕擊出一拳，凹陷在莫維其的小腹之中。他嘻嘻笑著說：「還不如我幫你換手。」

莫維其讓這拳打得彎下身子，覺得內臟像是給搬移了位置，忍不住張口嘔吐了起來。

「今晚就由我阿撒斯勒來主持這場盛宴。」這自稱阿撒斯勒的高瘦男人，一把掐住了小夏的下頷，將她提得騰空。小夏痛得流下了眼淚，卻喊不出話，僅能不住地踢打著阿撒斯勒。她恐懼地見到阿撒斯勒一面說話的同時，臉上伸出了黑毛，頭上長出蜷曲的角，顏骨向前凸出，面貌便如同一隻山羊。

阿撒斯勒推開了門，向外走去。莫維其大口喘著氣，轉身追了出去。

廁所門前多了三頭攔路山羊，莫維其僅能看著阿撒斯勒提著小夏轉入長廊。

「可惡——」莫維其憤怒地想要追趕，但那三頭山羊眼睛發紅，直直朝莫維其頂撞而來，將他頂倒在地。

莫維其雖然有著豐富的街頭鬥毆經驗，但是從來沒和山羊打過架，他給頂翻在地上，被三頭紅眼睛的山羊以三對前蹄踢踢踏踏地在他身上踩踏。

莫維其猛一揮手，打在一頭山羊的腿上，將那山羊打得跪下。他滾了開來，倚靠著牆站起，他感到自己的右手奇癢無比，像是要有一隻隻的蟲自手中爬出一般。他看著手，卻沒見到蟲子飛出，而是一個又一個的文字浮現——

預兆三：聆聽

替你換上惡魔之耳

他想對你說話

「他媽的——」莫維其感到那些文字浮凸而出的同時，那烙鐵般的熱燙劇痛也隨之而來。

「誰想對我說話？他是誰？那個混蛋是誰？」莫維其嘶吼著，一拳打在一頭衝來的山羊的臉頰上，將那頭山羊打倒在地，四蹄抽搐著。

另兩頭山羊仰頭嗥叫著，也奔衝而來。莫維其抬腳踢在一頭山羊鼻子上，奪門而去，又突然轉身，揮拳將追來的山羊轟倒。他覺得右手麻癢熱燙，有股強烈的怒氣憋積在手中，想要宣洩而出。

他見到廁所的鏡子上浮現出一些墨青色的文字——

廝殺吧，用你那邪惡的手剖開牠們的身子、折斷牠們的肋骨、刨挖出牠們的心臟、啃噬牠

們的肉、喝下牠們的血，盡情廝殺吧。

「到底是誰？混蛋——」莫維其憤怒地追入長廊，只見到長廊之中，聚著十數頭山羊，牠們同樣雙眼血紅，眼中放出妖異的光。窗外的景象更令莫維其驚愕，那是一片燃燒著這座城市的紅火，月亮是血紅色的，高樓上攀著的全是長著黑翅的惡魔。

莫維其拍了拍腦袋，所見的景色像是收訊不良的頻道一般，忽隱忽現。

「即將加入我們的夥伴啊！勇敢張開你的眼睛看吧，不要逃避，看看我們的樂園是多麼地讓我們感到興奮——」站在遠處的阿撒斯勒，沙啞地說。

莫維其向前奔去，一陣一陣怪異叫聲陡然響起，眼前十數頭黑色山羊衝撞過來，莫維其一拳一拳打歪牠們的頭，將這些山羊擊倒在地。

阿撒斯勒轉入了閱覽室，三分鐘後，莫維其也追入其中。

閱覽室中閃爍著妖異的光芒，彷彿成了個晚宴會場，圖書桌椅幻化成宴會用的別緻餐桌，一排排書架傾倒垮下，一本本散落的書全化為惡鬼，站立起來叫囂著，分立於兩旁。

阿撒斯勒一步一步向閱覽室後方走去，幾隻惡鬼搬來一張華麗大椅到阿撒斯勒身後。阿撒斯勒從容地坐下，在小夏的臉上輕拍了兩下，幾股黑色絲線便從四周冒出將小夏身軀緊縛起來，絲線還塞滿了她的口，使她一句話也說不出來。

阿撒斯勒倚靠在大椅上，一面摸拂著小夏的頭髮，一面歪著頭，像是思考著什麼，他盯著莫維其詭異地笑說：「亞巴頓讓你吃下一頭豬，那我呢？你要我餵你吃下什麼？」

阿撒斯勒一邊說，看了看小夏，又將視線轉向莫維其，冷冷地說：「既然當年亞巴頓沒能讓你吃人，這個工作就交給我吧。」

「你閉嘴——」莫維其怪吼著大步衝上，兩旁的惡鬼擁了上來，抓住莫維其的雙臂。

若是一個月前的莫維其，必然會轉身要逃，但此時他無法後退，他得往前。

他吼叫著掙脫那些惡鬼的抓拿，手臂上被惡鬼的銳指撕抓出一道道血痕。他揮動右拳，將左邊一個惡鬼的臉打得稀爛，收肘，又將右邊的惡鬼撞倒。

「亞巴頓的手、莫斯提瑪的眼睛，果然使你更加強大、和我們更像了。」阿撒斯勒滿意地點點頭。

此時的莫維其，面孔粗暴猙獰，他不顧一切地暴打那些擁上來的惡鬼們，那些惡鬼骯髒、惡臭、肢殘體缺，是地獄中最低下卑賤的惡鬼，是奴僕中的奴僕，一隻一隻撲向莫維其，或用牙齒噬咬，或用手指扒抓，眼神中散發著絕望和怨恨。

「滾開！滾開！」莫維其吼叫著，臉上的紗布在爭鬥中讓惡鬼們扯落。

小夏渾身發顫，她見到莫維其露出的左眼閃耀著青藍色的邪惡光芒。

「你們就照他的話，滾開吧。」阿撒斯勒手一揮，一陣黑風捲掃而去，那些惡鬼立時給吹得東倒西歪。

「即將成為偉大魔王的你，怎能和這些低劣的蛆蟲糾纏不清。」阿撒斯勒一面說，一面整了整領結，輕輕一招手。

莫維其的身旁瀰漫起一股怪異風霧，在四個方向緩緩突起四支染著褐紅血污的木柱，木柱之間以鐵絲連結，這是一個擂台。

莫維其喘著氣，連連搖晃腦袋。在他身前一公尺的地上隱隱浮現一個魔法圈，奇異的文字流轉著紅色光芒。

魔法圈的紅光四射，當中升起一個人影，消瘦、蒼白、身著短褲、赤裸著上身，雙腳被鐐銬鎖著，兩隻拳頭戴著骯髒染血的拳套。這人微微彎身，雙拳緩緩高抬，一雙眼睛直勾勾地看著莫維其。

「啊……啊……」莫維其全身發顫，向後退了幾步，抵住了擂台邊的鐵絲圍繩，覺得後背刺痛，衣服給勾破了幾個洞。

這蒼白的拳擊手，回頭看了看小夏。

「唔——」小夏瞪大眼睛，叫喊在她喉間滾動，那蒼白拳擊手是她的哥哥。

「女孩，妳現在終於知道，打死妳哥哥的凶手是誰了吧，他的右手是惡魔的右手，力量大得嚇人吶。」阿撒斯勒笑著說：「現在我大發慈悲，將妳哥哥從地獄的深淵帶上，給他一個機會，讓他和他的仇敵再打一場。」

小夏的眼淚滾滾流了下來，身子激動地顫抖著。莫維其感到胸口一陣一陣地緊縮，吸入胸肺的空氣是那樣地污濁嗆人；他見到眼前的小夏哥哥亡靈回過頭來，眼神再次與他相交，那亡靈的眼神中發散出強烈的怨恨。

「我……我和你一樣痛苦……」莫維其沙啞地呢喃。

小夏哥哥沉身跨步，向前逼來，出拳、再出拳。

莫維其雙手護著頭部，反射性地在擂台邊緣游移閃躲，他想要越過那些鐵絲網，但是鐵絲網像是有生命一般，每當他試圖攀越跳跨之際，鐵絲網便會纏捲上他的腿，將他扯回擂台。

小夏哥哥的眼睛暴射著憤怒之光，雙拳越來越快，刺拳、直拳、勾拳……一拳一拳擊在莫維其防禦的雙手上，接著，他橫掠一拳，擊在莫維其的右腹上，終於打穿了莫維其的防備。

莫維其因為腹部受擊，雙手稍稍放下，小夏哥哥的上鉤重拳便已穿過他的雙手之間，正中他的下巴。莫維其在這瞬間只感到眼前一陣光亮，身子剎時失去了知覺，他被擊倒趴伏在地上吐血掙扎著。

「不行，你不能被打敗，你是將要與我阿撒斯勒平起平坐的魔王，你若敗給這個小子，我的立場不就很尷尬嗎？起來——起來——」阿撒斯勒遠遠地調侃著他，同時抬起手掐上小夏的後頸，微微施力。

雖然微弱，但莫維其還是聽見了小夏那一聲細微的悶吭聲，這使他清醒許多，使勁掙扎著要起身。

「我得讀秒了，這個女孩的生命，將在你被擊敗時消失。一！」阿撒斯勒又加重了些手勁，小夏痛得不停抽搐，她閉上了眼睛。阿撒斯勒伸出二指，輕輕揭開小夏的眼，吹了口氣，她的眼皮便無法合上。阿撒斯勒對她說：「女孩，哥哥和妳情人，妳要替哪一個加油？二！」

小夏悲痛欲絕，她掙扎著，搖著頭。

「三——」阿撒斯勒的眼中暴射著異光。

莫維其勉力站起，喘著氣，又高抬起雙手護衛頭部，小夏哥哥神情漠然，歪斜著身子逼上，一拳一拳、一拳一拳，如雨點一般打往莫維其全身。

莫維其中了一拳、又中一拳、再中一拳，他牙一咬，終於出手還擊，以刺拳試圖逼退小夏哥哥；接著，他那閃耀著黑藍咒文、積壓著無盡怒氣的右拳直直打了出去，擊在小夏哥哥負責防禦的左臂上。

小夏哥哥的左臂喀嚓一聲斷了，歪歪斜斜地掛著。

「原諒我，我也一直在受苦！」莫維其哭著吼叫，左拳、右拳連連擊出。

小夏哥哥一手雖斷，但攻擊力道並未減少，他和莫維其一拳一拳地互毆，攻擊著對方的全身各處。

轟！莫維其臉上又被擊中一拳，他覺得天旋地轉，但還是咬著牙撐住身子，不讓自己倒下。小夏哥哥追擊而來，一拳朝著莫維其腦袋上摜來，莫維其猛一側閃，同時也向小夏哥哥的腦袋勾出一拳，這是他以往最擅長的反擊拳。

在短暫的瞬間，小夏哥哥的拳頭擦過莫維其的額，莫維其的拳頭則壓上小夏哥哥的臉，擠壓、碎裂，汁血緩緩地向四周擴散，一切像是停止了一般。在下一刻，小夏哥哥滿臉紅漿地倒地不起，那模樣和三年前擂台上的他一模一樣——他的臉成了一張不像臉的臉。

「哇——」莫維其哭嚎著向後倒下，四周的血污木柱緩緩下沉，小夏哥哥的身子也隨之沉入魔法圈；在那一瞬間，小夏哥哥微微抬起了手，從那張不像臉的臉上那原本應該是嘴巴的位置，發出了微弱的話語聲：「爸爸……媽媽……妹妹……你們上哪裡去了……」

「我對試驗的結果很滿意，你的力量確實有增加。」阿撒斯勒又整理了下領結，指指自己的耳朵，對著莫維其說：「現在，過來接受我的耳朵，使第三個預兆發生吧，他，迫不及待地想要和你說話。」

莫維其淚流滿面地看著小夏的哥哥沉下地底，魔法圈的光芒旋即轉滅，他將目光轉向阿撒斯勒臉上，站起身問：「他到底是誰？是誰要對我說話？是誰派你們來折磨我的？」

「他，就是我，就是亞巴頓，就是莫斯提瑪，就是另外四個，就是即將變成他的你。他，是祂永恆的敵人——」阿撒斯勒一雙羊眼中暴射出邪惡的光芒，全身瀰漫起凶烈的氣息，一道道血污順著牆流洩而下，將四周染成了一片赤紅。

「撒旦——賜我們永夜，吞噬去光明，將太陽染黑，讓月亮淌血！」

四周的惡鬼瘋狂地嗥叫著、鼓譟著。

「撒旦——撒旦——撒旦——撒旦——」

莫維其讓阿撒斯勒和四周來自地獄的惡鬼們發散出的凶惡氣息所震懾，雙腿不由自主地顫抖，額上淌下大滴大滴的汗珠，手心也發汗，但他反而朝阿撒斯勒走去。

「對！就是這樣，加入我們，成為我們，成為他——成為新的撒旦！」阿撒斯勒掩不住心中的興奮和激動，他張開雙臂，高聲說：「我們七個，再加上你，我們就有信心能戰勝祂！」

莫維其走到離阿撒斯勒那張大椅三公尺處，突然拔腿前衝，他扭身揮動著拳頭，直直地朝阿撒斯勒的臉打去。

阿撒斯勒並沒有讓莫維其這突如其來的舉動嚇著，他冷笑著，從容抬手，接擋下這一記拳頭，說：「孩子，你現在的力量還不夠……」

莫維其右拳上旋繞的黑氣在阿撒斯勒的枯掌上四散、消逝，但是另一股力量緊接著自莫維其的胸口湧爆，灌入他的右臂直達右拳。

接著，莫維其的右拳，壓過了阿撒斯勒手掌的力量，拳頭壓著手掌，一併擊在阿撒斯勒的臉頰上。阿撒斯勒的雙眼這才流露出驚愕的光芒，莫維其的左拳隨即而來，且力道絲毫不遜於右拳，直直轟在阿撒斯勒的下頷之上。

阿撒斯勒鬆開了手，小夏落了下來，她身上的黑毛絲線鬆開四散，眼睛終於能夠合上了，她哇地一聲哭喊開來，讓莫維其一把抱住。

「什麼……」阿撒斯勒驚愕地向後退了幾步，不可思議地看著莫維其。

莫維其也對自己的力量感到訝異，腦中登時浮現之前夢境中那個小男孩說過的話——

他在你的手上寫下七個預兆，預兆全部實現之時，永夜將會降臨，陽光永遠消失。因此，祂也給了你三個諾言——當你祈禱時，痛苦將遠離你；當你背棄黑暗時，你會得到力量；當你心中再也無懼，起身對抗黑暗之時，祂將賜你一千柄劍、一千面盾、一千把弓和一千對羽翼。

莫維其的雙拳，不僅僅只是惡魔的力量，還灌注了祂賞賜的——光明的力量。

「好——那個躲藏在天上千年，那個高傲噁心的你，終於出手了，來吧，我們等很久了！」阿撒斯勒發出了怒吼聲，他的雙眼流下了血一般的眼淚，紅淚劃過了他那張羊臉上的黑毛，像是受到烈火燒灼一般，紅淚在他的臉上燒出了可怖的咒文痕跡，他的黑色大衣也同樣燃燒出火光，手上冒現出一柄長叉。

「我們得逃！」莫維其摟著小夏，轉身要逃。小夏哭叫著：「是你！為什麼是你！是你打死我哥！」

「為什麼是我……為什麼是我？」莫維其無奈地吼著，前方的惡鬼撲擁而來，莫維其抓起這片幻境中的華麗餐桌，掃倒那些低賤惡鬼衝出了閱覽室。

幻境旋滅，莫維其在長廊上奔逃，一陣黑風捲來，阿撒斯勒彎弓著身子，攔在莫維其身前，莫維其只好轉身向後跑，他見到前頭有扇門，裡頭放出溫和的光，他沒有時間思考太多，只能抱著小夏朝那光芒處逃，他衝入了那扇門之中。

是圖書館的員工室，光芒自角落那堆天使畫作中綻放出來。莫維其抱著小夏來到角落，只見黑風捲到了員工室外，卻讓員工室裡的溫和光芒阻下。

阿撒斯勒在門前現身，他憤怒地吼叫，雙手暴長出黑毛和銳指，他按著員工室的門框，像是想要擠身進來一般；那些黑山羊、低賤的惡鬼們也紛紛聚來，在門外嘶吼，在窗邊叫囂，但一個也進不來。

「別太小看我的力量……」阿撒斯勒發出了低沉的吼叫聲，他是地獄之中最強大的惡魔之一，他的雙手抓入了門框之中，黑暗從他的雙手滲入員工室的牆壁，一絲一絲瓦解著鎮守員工室的光。

「你，莫維其，你以為你的力量很可貴？你以為你身邊的女孩很可貴？你以為你獲得了可貴的愛情嗎？不，讓我告訴你真相……」阿撒斯勒笑了起來，一字一句地說著。

員工室之中旋起了風，那些天使畫作其中幾張被捲了起來，四處飛飄貼在牆面上，畫上的顏料擴散染開成好幾幅壁畫，那些天使動了起來，他們身上的羽翼變得烏黑、白衣被染紅，他們變成了其他樣子，畫中的天堂景色也變成了其他地方。

那是一些陰暗、骯髒得令人作嘔的房間。

「不——」小夏絕望地哭喊著，她不能自抑地大哭起來。

幾幅壁畫之中，都出現了小夏的身影，各自閃爍。畫中的小夏在那些陰暗的房間中走動、和畫中其他男人攀談、嬉鬧、調情、做愛。

以前的小夏——那個靈魂墮落的小夏。

「女孩，畫天使很了不起嗎？妳以為畫一些白翅膀的傢伙，就能使骯髒污穢的妳變得潔白嗎？妳太天真了！」阿撒斯勒嗥叫著，瞪視著其中一片壁畫，那壁畫登時擴散變大，不只閃動著畫面，還傳出了聲音。

畫中的小夏染著一頭紅髮，渾身赤裸地騎跨在一個模樣噁心的男人腰腹之上，扭動著、叫喊著，嘴中說著極其下流的話語，畫中的她和男人手抵著手、恣意狂歡，更多男人圍了上來，同樣赤裸，同樣面容猙獰扭曲，他們的手臂上都密布著針孔，一個一個搶著去撫摸小夏，爭吵著、嬉鬧著。

「停止、停止——」小夏扒抓起自己的臉，撕扯起自己的頭髮，絕望地嘶吼著。

「夠了！夠了！」莫維其同樣感到了椎心般的刺痛，他憤而起身，抬動桌椅，砸向那些閃動影像的牆面，卻阻止不了畫上影像的跑動，各式各樣的男人、各式各樣的吸毒場合、各式各樣不堪的景象，那是世界上最陰暗的角落，那是藏匿在人間的地獄。

「我跟你拚了——」莫維其幾近瘋狂，他朝阿撒斯勒衝去，儘管他見到了阿撒斯勒眼中流露出的一絲欣喜，儘管他知道這是引誘，但他還是衝上，舉起拳頭揮去。

就在他的拳頭將要碰上阿撒斯勒的鼻端時，他雙腳突而懸空，又給向後拉了回去，一個羽毛和光揉合而成的柱子將莫維其往後拖著，同時也將小夏捲了起來一起拉向面向室外的窗邊。

「你們別想逃！」阿撒斯勒猛一狂叫，員工室中那些閃動著的邪惡壁畫全都瞬間消去，惡鬼們嘶嗥著、拍打著窗戶欲擠進來。

那道白色光柱震碎了面向室外的窗戶玻璃，將莫維其和小夏拋至窗外，他們從三層樓高處跌下，莫維其在空中回神，緊緊摟住在他身旁的小夏，同時感到那股白光還纏繞在他身上，減緩了他們下墜的力道。但即便如此，墜落在地上的力道仍然使莫維其疼痛欲暈，另一邊的小夏臉上還掛著淚痕，腦袋一側流出了大片的血。

「小夏！小夏！」莫維其掙扎起身，抱起小夏癱軟的身子，按壓著她的頭部，回頭看了看那圖書館三樓窗口猶然放散著漆黑的氣息和亮潔的白光，黑暗和光明的力量正僵持不下。

小夏在莫維其懷中激動哭嚎著，她喊叫：「你現在知道我是什麼人了，你現在知道我是那麼地骯髒了，我好髒，你放下我——」

「那些都過去了！」莫維其也流著淚，緊抱著大量失血、激動不止的小夏，奔上了大街。

一個遺忘了悲傷的靈魂被重新扒開了傷口——

一個負傷淌血的靈魂被更加兇殘地撕開、切碎——

莫維其狂奔著，吼叫著：「救救我們！救救我們——」

他們頭頂上那漆黑的夜，像是永無止盡一般。

第三章

聽惡魔呢喃·
吟唱魔鬼之歌

Azazel

阿撒斯勒，希伯來語字源為「如神之強者」，是墮天使，也是荒野的惡魔。也有一說惡魔的阿撒斯勒和天使的阿撒斯勒不同，但通常被視為同一對象。代表物為山羊。

公車緩緩前進，莫維其漠然地看著窗外，他將小夏送進醫院，守候了一夜，趕緊返回家中，換下髒臭的衣物，隨即動身前往另一處地方；他必須負擔起小夏住院這段期間的醫療費用，他需要援助。

公車在郊區的站牌停下，莫維其下了車，循著大道旁的草坡道路向上，走了不長不短的一段路。他對四周的花草景色依然熟悉，這是許多政商名流定居的頂級別墅住宅區。

他在一片大鐵門前停步，這是他以前的家——舅舅的豪宅。

在他接連按了數十次電鈴之後，才有一個小女孩的聲音自對講機中響起：「是誰？」

莫維其怔了怔，答：「是我，莫維其。」

對講機中的小女孩聲音像是十分驚訝，她說：「是莫少爺嗎？莫少爺你回來了！」

鐵門開了，莫維其進入了豪宅，和以前相較之下，裡頭的一草一木都沒有改變。他跨越過了幾階柵欄，來到豪宅門前，門是敞開著的，一個十歲大的小女孩倚在門邊，咯咯笑著說：「爺爺昨天還罵你呢，他說你已經死了！」

小女孩的眼睛看不見，所以當她這麼說的時候，眼神是朝向遠方的。

「阿綠，妳長大了。妳爺爺在嗎？我想和他說些話。」莫維其苦笑了笑，摸摸阿綠的頭，阿綠是老管家的孫女，在她五歲時，因為一場車禍失去了視力，阿綠的爸爸和媽媽則在那場車禍中重傷不治。

莫維其的舅舅讓老管家將阿綠接到豪宅中扶養，在莫維其離去之前，阿綠與莫維其在豪宅中已共同生活了兩年。當時的莫維其如同天之驕子，他對這個可憐的小女孩雖然感到幾許同情，平時卻也沒有太多互動，只把她當成是寄住在他家的一個小妹妹。

阿綠領著莫維其上樓，莫維其看著豪宅中的擺設，心中生起無限懷念，在他墮落至最谷底，心中的人性消失得最徹底的那一段時間，有數次因為缺錢買「粉」，而生起回家偷竊的想法，而現在他很慶幸自己沒有這麼做。

莫維其在客廳一角的沙發椅上坐下，阿綠雖然失去視力，仍然矯捷地在大屋中遊走，她一雙小手摸摸索索地來到廚房打開冰箱，按照位置提出了果汁，憑藉著液體落入杯中的聲響倒了一杯八分滿的果汁，回到客廳，恭恭謹謹地遞向莫維其。

「阿綠，妳不用這樣招待我，我……和這裡已經沒有關係了，我只想和妳爺爺說一些話，我坐在這裡等他回來就好了……」莫維其苦笑地說。

「喔……」阿綠卻也不走，只站在莫維其身旁，咕嚕咕嚕地將手中的果汁喝下。

大門處傳來了喀啦喀啦的聲響，莫維其有些侷促不安，他見到一個令他坐立不安的熟悉身影在紗門前緩緩開門。

老管家在一個中年幫傭的攙扶之下，進了屋內。

老管家見到坐在一角的莫維其，神情也頗訝異，但嘴上一句話也沒說，而是倔強地甩開了幫傭的手，呢喃地說：「我自己能走，我好得很。」

「爺爺、爺爺，莫少爺回來了！」阿綠嘻笑著，雙手直伸，一步一步朝老管家走去。

莫維其站起身來，朝老管家點了點頭：「老周……」

老管家拍了拍阿綠的頭，漠然地朝自己房間走去，並不多看莫維其一眼。

「莫少爺，爺爺還在生你的氣呢。」阿綠回過頭說。

「別多嘴。」老管家只是牽著阿綠的手，拐入客廳末端的廊道之中，那兒通往老管家的臥房。

莫維其在客廳中又等了五分鐘，老管家仍然沒有出來。他無奈地起身，四處探看。他來到二樓，推開自己房間的門，裡頭的擺設與他離去時一模一樣，一點變化也沒有，甚至書桌、床鋪、電腦、音響上都沒有蒙上一丁點兒灰塵。

他嘆了口氣，又來到舅舅的房間，裡頭十分寬敞、擺設儉樸，有一張床和一張大桌。他來到那張床邊坐下，腦海中浮現出舅舅生前的談笑模樣。

「這間房子，現在並不屬於你的，莫少爺。」老管家鐵青著一張臉，佇立在門前，他伸手敲著房門，有些惱怒地說：「你不應該進來這間房間。」

莫維其攤了攤手，起身出房，他倚靠著牆說：「我知道，舅舅臨終之前，將所有財產都給了你，身為這間大房子的主人，你大可以搬入舅舅的大房，住起來也比較舒服，不是嗎？」

「你知道些什麼？你什麼都不知道。」老管家咳了幾聲，瞪視著莫維其，好半晌才說：「你舅舅的遺產，我一毛也不會拿，我是替他保管，等到那個像人的莫維其來取回的那一天。」

「我現在不像人嗎？」莫維其苦笑地問。

「只要你還吃那玩意兒，只要你還和那些人在一起，只要你還幹那些勾當，我就不把你當人看。」老管家堅決地說。

莫維其低頭不語，好半晌才說：「好吧，老周，不管你相不相信，我現在需要一筆錢，不是用來買毒品，也和那些骯髒勾當無關，我的朋友受了傷，住進了醫院……」

老管家哼了一聲，不屑地說：「你能有什麼朋友？你那些朋友成天打打殺殺，受傷又有什麼稀奇？」

莫維其搖搖頭說：「不是幫派裡的朋友，她是個女孩子，我愛上了她……她是個很善良的女孩子，是舅舅也會喜歡的那種女孩子。老周，我已經決定脫離幫派了，這筆錢就當我向你借的，以後我也不會和你多要……」

老管家看著莫維其的雙眼，哼了幾聲，然後轉身下樓，看見莫維其還在二樓廊道中，便說：「你看什麼，還不下來？」

老管家進入自己的房間中摸索半晌，取出一個牛皮紙袋，遞給莫維其，說：「你向我借，我就把我的棺材本借你。等你說的那個女孩子病好了，帶她來見我，到時候我會把你舅舅的財產轉回你名下，到時候別忘了把這兩年的薪水補發給我，讓我可以回家養老。」老管家說完，揹著手轉身回房。

莫維其有些受寵若驚，他揭開牛皮紙袋一角，裡頭是兩疊鈔票，面額不同，新舊交雜，約莫是十萬元。

在這一瞬間，莫維其對老管家生起無限的敬意。雖然舅舅將遺產全給了老管家，但老管家並未覬覦這大筆遺產，他只取其中的一小部分，用以遣散豪宅之中舊有的家僕，其餘的錢和不動產地契等，都妥善地存放在銀行中，分毫未取。

老管家以自己的積蓄請了一個幫傭來打掃豪宅、照顧阿綠，自己則不支薪地守護著這間大屋，等待著像個人樣的莫維其回家。

「老周，謝謝你。」莫維其向老管家的背影深深地鞠了個躬。

□

莫維其佇立在畫室門前，見到門前貼著「本日停課」的紙條發愣。

「是你啊，莫同學。」

莫維其聽到背後的說話聲音，趕緊轉身，見到文老師抱著手站在他身後，便說：「小夏出了意外，在醫院裡，我是來替她請假的。」

「嗯。」文老師點點頭。

「可不可以讓我進去？我想把她的畫筆和紙帶去醫院，讓她有事做。」莫維其問。

文老師又點了點頭，取出鑰匙開門，等莫維其將小夏的畫具拿出後，便說：「我和你一起去吧。」

「好吧。」莫維其和文老師一前一後地走著，他覺得自己和文老師格格不入，他想找些話題聊聊，便回頭說：「小夏說是妳拯救了她的靈魂。」

「是嗎？」文老師淡淡地答：「其實是她自己救了自己。」

「我想也是。」莫維其乾笑數聲。

他們進入了地鐵站，購票進站。莫維其並不常搭地鐵，但他代步用的機車在之前的械鬥中被敵方傢伙放火燒了。對地鐵系統的生疏使他在投幣購票時顯得手忙腳亂，且在前往候車月台時也在路線圖旁研究了許久。

「跟著我走吧。」文老師這麼說，反倒領著莫維其走下電扶梯，進入了車門打開的列車車廂。

車廂中的人不多也不少，莫維其和文老師並肩站著，看著窗戶反映出的飛梭倒影。

「文老師，妳到底幾歲？」莫維其百無聊賴地問。

「說出來你可能會嚇一跳。」文老師神祕地笑了笑。

在這車廂搖晃前進的過程中，一夜沒睡的莫維其終於感到疲憊，他連連打起哈欠、昏昏欲睡，然而這樣的疲憊睏倦感在地鐵列車減緩速度、抵達下一個車站月台時一下子飛散了。莫維其全身都緊繃了起來，他感到一股異常強大的壓迫從他的正面逼來。

那是一個有兩公尺高的平頭男人，一身名貴灰色西裝，遠遠地佇立在排列等候上車的乘客之後，由於男人身材高大，使得面向著窗的莫維其即使隔著窗和六、七個乘客，依然和他的目光相會。

僅僅是一瞬間的目光相會，便使莫維其不需要更多的訊息，就確認那個高大男人是與亞巴頓、莫斯提瑪、阿撒斯勒同樣的傢伙，來自地獄的惡魔。

同時，莫維其也感到了右手背上那陣灼燙，他緊握著拳頭，看也不看隱隱浮現而出的文字——

預兆四：腐臭

替你換上惡魔之鼻

他要你聞嗅死亡氣息

「文老師，我突然有事，必須在這一站下車，妳先替我將畫具帶給小夏，還有……這是小夏的醫藥費用，妳替我處理一下。」莫維其不等文老師答應，便將小夏的畫具和那包裝有十萬元的牛皮紙袋，一併塞給了文老師。

他急促地往列車後方走去，步伐越來越快，接連穿越了數節車廂之後，他自打開的車門出去，和正欲上車的乘客們擦肩推擠著。

他在月台上快步走著，一面轉頭尋找那高大男人，他感到身後那股強大的壓迫感漸漸向他逼來，他知道那男人同樣也正在尋找著他。

莫維其不知該逃向何方，但他心想或許到了戶外，在那艷艷晴天之下，惡魔便無法對他進行切換器官這等邪惡行徑了吧。他一面這樣想，更加快了腳步，往地鐵車站的出口方向跑去，他見到身旁那整潔的牆面襲來好大一片黑影，像是一隻大手，將他的影子一把抓住。他心中驚愕，突然感到喉間一緊，整個身子懸空向上撞去，撞碎了天花板的燈，和那些碎片一同落砸在地上。

莫維其身上多出了許多割裂傷，嚇壞了四周的乘客行人，那平頭、身穿灰色西裝的高大男人緩緩走來，站在他面前。

莫維其撐著身子站起，彎著腰、雙手撐著顫抖的膝蓋，在下一瞬間，他身子挺直，突然猛發一拳，勾在那男人的下巴上，將那男人的臉打得後仰，同時轉身又要逃，但他左手讓那男人抓住將他拉回。

碰！男人的拳頭也打在莫維其的臉頰上，莫維其左半邊臉一下子高腫起來，他只好還手，連連出拳擊打那男人的臉和胸口。男人一拳一拳地承受著，他臉上的糾結肌肉和莫維其的拳頭互相激撞彈動著，嘴角流出了青紫色的血絲。

男人一爪捏著了莫維其的臉，五指深深掐入莫維其的額、兩顴、下頷各處，將他高高舉起，然後碰地一聲，將他的後腦撞在牆上，然後鬆手。莫維其落下，神智漸漸模糊。

男人在他面前蹲了下來，伸出那強而有力的大手，靠近並捏住他的鼻子，說：「我是彼列，你將來的夥伴。」

「唔──」莫維其感到鼻子發出一陣劇痛，像是要被硬生生扯下一般。

「聽說你逃過了預兆三，嘿嘿，這都要怪阿撒斯勒那個笨傢伙，喜歡熱鬧場面，哪像我，簡單明瞭。」彼列大睜著眼睛，一手捏著莫維其的鼻子，另一手緩緩地朝向自己的鼻子伸去。

「你想得太容易了。」一個清冷的聲音在彼列身後響起，彼列像是受到了強大的驚嚇，他狂吼一聲，猛然站起，掄著他那巨大的拳頭向後掃去，轉了整整一圈。

莫維其尚未看清發生了什麼事，就見到文老師在他身邊，一把將他拉起，將小夏的畫具和那牛皮紙袋一併塞回莫維其懷中，淡淡地說：「現在換我有事了，你拿給小夏吧。」

「你……別來礙事！」彼列緩緩轉過身，臉上激烈突起更誇張、更不像人的奇異肌瘤，雙眼中出現一輪一輪的妖異光圈，額頭突出短角，嘴巴微微張開，露出那又大又方的上下門牙和尖銳的犬齒，他一字一句地說：「滾回去你的天上，加百列。」

彼列緩緩說著，突然伸出一手抓向莫維其的腦袋。

「你們可以上來，我們也可以下來。」文老師靜靜說著，而在她說話的同時，手輕輕一撥擋下彼列兇猛的一抓，同時看向莫維其，嚴峻地喊：「快走吧──」

「文老師……文老師，妳……妳是？」莫維其驚愕地奔逃，越逃越遠，他不時回頭，只見到文老師和彼列對峙著，他們身上分別發出亮白和紫黑的氣息，彼此較勁抗衡著，彼列高高舉起拳頭，朝文老師的身子擊去……

莫維其沒看清楚，他奔得太急太快，已到了樓梯邊緣尚不自知，以致摔了個筋斗，四腳朝天、暈頭轉向，有幾個人上前關切並將他扶起。

「大家別慌，讓我來吧，他是我的夥伴。」一個人朗聲笑著，拉起莫維其，將他的手攬在自己的肩背上，像是攙扶傷者一般扶著莫維其向前走去。

莫維其全身發冷，那攙扶他的人一身雪白服飾，長髮及肩、面貌英俊，上次莫維其見到這人時，他作的是醫生裝扮——莫斯提瑪，那替他換去左眼的惡魔。

「朋友，這樣不行吶，手術過後的眼睛，得時常利用才會健康。」莫斯提瑪笑著說，將莫維其扶進了廁所，輕輕抓著他的後領將他的頭面向著廁所中的鏡子。

莫維其透過鏡子，見到莫斯提瑪左眼那亮澄澄的並不是眼珠，而是一顆青綠色的寶石，莫斯提瑪的左眼此時正在莫維其的眼窩中。

廁所之中尚有其他乘客，他們似乎看不見莫維其身旁的莫斯提瑪，但他們仍然讓莫維其那驚恐的表情嚇著了，紛紛離開了廁所。

只有一個男人緩緩步入廁所，他一身高領黑大衣，臉像是一頭公羊——是阿撒斯勒。

阿撒斯勒步入廁所之後，順手將門帶上。

莫維其絕望地看著鏡子，眼睜睜地看著莫斯提瑪將他頭上的紗布解了開來，他感到左眼溫熱濕濡，莫斯提瑪誇張地將莫維其的腦袋抓著，湊得極近，左右翻看檢視著他的眼睛，說：「很好很好，術後恢復的情形十分快速，我的眼睛健康地在你的身體中存活著。」

羊頭人身的阿撒斯勒不耐地說：「將他交給我吧，你去接替彼列，他讓加百列纏上了。」

「加百列，天上最有權勢的四個天使之一，我迫不及待地想請她喝一杯咖啡。」英俊獨眼的莫斯提瑪嘿嘿笑了兩聲，放下莫維其，先洗了洗手，再從胸前取出手巾擦拭。

他見到莫維其癱軟坐在洗手台邊，便抓著那手巾替莫維其也拭了拭汗，說：「別怕、別怕，忍耐一下就過去了，不過你要有心理準備，耳朵不只有這一片喲。」他一面說，一面捏玩著莫維其的右耳。

「囉唆夠了沒，將他交給我！」阿撒斯勒鼻子哼氣怒罵著，大步走來提起莫維其，將他壓在洗手台上。莫維其哼了一聲，手臂發力想要掙扎，阿撒斯勒默唸了幾句咒語，洗手台兩側伸出了奇異黑角穿插卡住了莫維其的兩條手臂，像是替他上了枷鎖一般。

「惱羞成怒的傢伙，你別心急，慢慢來吧。」莫斯提瑪哈哈笑著開門出去，門外是一片混沌。

「好傢伙，昨天竟然會讓你給逃了。」阿撒斯勒恨恨地說，一面壓著莫維其的腦袋，讓他的頭偏向一邊。

莫維其見到阿撒斯勒伸出的那蒼白枯瘦的手漸漸地轉為黑色，同時生出黑毛，他感到那隻手向他的右耳靠去，跟著他感到兩隻手指捏著了他的耳朵——撕扯。

「啊！」激烈的劇痛感在莫維其右耳處爆發。

阿撒斯勒這一扯似乎扯得不甚乾淨，他又扯了兩下，才將莫維其的右耳完全除盡，然後他將手指緩緩地伸入莫維其的右耳道中，莫維其終於明白方才莫斯提瑪所說的「耳朵不只有這一片」的意思，還包括了「裡頭」的東西。

阿撒斯勒的手指一分一釐地深入，莫維其絕望地呻吟著，他閉起眼睛、全身顫抖，難以想像接下來的折磨會讓他痛苦到什麼地步。

「朋友，難道你沒有任何話想對祂說嗎？」一個略帶稚氣的童聲在莫維其另一耳響起，莫維其腦海中立刻浮現出在他被莫斯提瑪換眼之後的夢境中出現的褐髮小男孩。

莫維其心中一動，似乎明白自己現在應該做什麼了，他緊閉起眼，眼淚落下，用幾近無聲的氣息呢喃：「神啊，你聽得見我說的話嗎？」

當你祈禱時，痛苦將遠離你

阿撒斯勒的手指觸碰到莫維其的鼓膜，穿過鼓膜來到了更深處，挖掘、撕裂、摳扒、攪碎……

不知過了多久，莫維其睜開了眼睛，他見到鏡子那一端的自己，右耳仍好端端地長在那兒，但鏡中倒映出的阿撒斯勒卻沒了右耳，原來換耳儀式已經結束了。

阿撒斯勒抬手指了指，鎖在莫維其雙肩上的那些彎曲羊角，一支一支地碎成了粉末。

莫維其跪倒在洗手台前不住地喘氣，他回頭看了阿撒斯勒一眼。

阿撒斯勒交叉著手退到廁所牆邊，鼻孔哼哼兩聲，三頭山羊自隔間廁所中步出，那些山羊的眼神比起圖書館所見到的山羊更為凶惡，牠們突然嗥叫起來，神情痛楚，牠們的嘴巴像是被硬生生地撐得裂開，從牠們的嘴中，又出現了一張新的臉，不像人的臉，是惡鬼的臉。三隻羊鬼直直站起，有如人形，牠們的前蹄化出利指，牠們的後腿變得更加粗壯。

「起來——」阿撒斯勒難掩興奮，不住地抹著鼻子，說：「讓我見識一下，結合了三個魔王器官的人，能進化成什麼樣子。」這幾句話，像是以擴音器在耳邊高喊一般，轟然傳入莫維其的左耳之中。

「哇──」莫維其給這陣劇烈說話聲音震得側倒下地，他摀著耳朵，血液從他的指縫間淌滴落下地。

三隻羊鬼向莫維其逼近，其中一隻羊鬼，向莫維其的臉頰狠狠地踹了一腳。

莫維其感到腦袋像是炸裂了一般，而更令他感到難受的是那一陣一陣鑽入他左耳之中的哀嚎慘叫，那是地獄刑求室中的聲音。

「哇──」莫維其被一隻羊鬼提起，朝著他的肚子毆了一拳，咕嚕咕嚕地吐出了一些褐黃液體。

「小子，你不還手呀？」阿撒斯勒皺了皺眉，冷冷地說：「這一次我沒有人質在手邊能夠威脅你，但是老家裡還有一些，例如……」

然後，莫維其聽見了一陣巨大的嚎哭聲。

「光聽聲音當然不明白發生了什麼事，配合那個娘娘腔的眼睛吧。」阿撒斯勒這麼說。

莫維其感到眼前閃耀出一陣紅光，接著他見到一條沒有止盡的漫長甬道，一扇一扇的小門立在長道兩端，每一道門中都不斷傳出令人膽顫齒裂的慘叫聲。

其中一扇門開了，裡頭的景象莫維其尚未遺忘，便是他在圖書館中所見到的阿詹受刑室。

阿詹雙眼迷濛，慘烈的身子給吊在房中兩根木柱之間。

「在地獄的這個時候，是他的休息時間，讓他積蘊更多眼淚來迎接下一場禮讚，因為你的消極態度，我只好取消他的休息時間了。」阿撒斯勒這麼說，閉了閉眼，自言自語了幾句話。

莫維其見到兩個厲鬼再度走入刑求室，他們手上拿著莫維其從來也沒見過的奇異工具，被吊著的阿詹激烈地顫抖起來，空洞的眼神中流露出強烈的恐懼，沒有了牙的口中發出了絕望的嗚咽聲。

「你們這些惡魔——」莫維其哭吼著，一把扯裂了那頭將他壓在牆上、不停毆打的羊鬼。那頭羊鬼的臉散成好幾塊，轟隆一聲側躺倒下，另兩頭羊鬼的鼻孔噴出黑氣，左右撲向莫維其。莫維其的眼睛閃耀出暴怒的光芒揮拳和那些羊鬼搏鬥，拳頭比先前更重了，一拳將一頭羊鬼的胸膛打穿，再一拳掃倒另一頭羊鬼。

「我殺了你們……我要殺了你們……」莫維其猙獰地瞪視著阿撒斯勒，他衝了上去，朝著阿撒斯勒那張羊臉轟出一拳。

阿撒斯勒偏開頭，莫維其拳頭打在牆上，把牆給打凹了一個小坑，裂出幾道破痕。

「那還太早。」阿撒斯勒笑了笑。

「你笑——」莫維其感到前所未有的憤怒，他抽回拳頭，又朝阿撒斯勒打去。此時，一隻粗壯的手臂自莫維其身後伸出，抓住他揮拳的胳臂，而另一隻粗壯的手臂也隨即伸來，抓掠在莫維其臉上，扯去了他的鼻子。

「哇——」莫維其摀著臉滾倒，大量鮮血從他的臉上流洩下地。

彼列冷漠地站在他腳邊，說：「先接受第四個預兆，再打也不遲。」

「混蛋！」莫維其發出了有如野獸一般的吼聲，從地上撲起，撲上彼列的身軀，轟隆隆兩拳打在彼列臉上。

彼列向後彈倒，撞碎了幾座小便池，鮮紅的血漿自破裂的管線中噴發。

阿撒斯勒笑彎了腰，拍手說：「彼列，我的夥伴呀，你太小看聚集了三個魔王器官的他了。」

莫維其掄動拳頭，追擊上去。他的鼻子處成了一個血洞，整張臉紅褐一片。他憤怒地朝彼列揮拳，但是這一次，他揮去的拳頭被彼列硬生生地抓住了，同時，彼列巨大的拳頭埋入了他的胸口；莫維其筆直地向後飛出，撞在牆上，落下。

「暴躁的傢伙！你若將他打死，我的耳朵不就白白失去了？」阿撒斯勒怒斥著彼列。

「擁有三個魔王器官的傢伙，哪有這麼容易死？」彼列哼哼地說著，走向前提起一動也不動的莫維其，搖晃了幾下。

彼列將自己的鼻子摘了下來，湊上了莫維其臉上的那個血洞，一股咒文邪光在莫維其的臉上流轉、閃耀。

莫維其虛弱茫然地讓彼列提著，眼前一片花花亂亂，他感到彼列鬆開了手，他摔下地，然後見到了阿撒斯勒和彼列離去時的詭異笑容，他似乎聽見他們在說——

「夥伴，第五個預兆很快就會找上你，那個傢伙你惹不起，別隨便忤逆她的意思，否則你一定會後悔。」

不知過了多久，清醒後的莫維其掙扎著爬起，他聽見四周隱隱響起的哭聲，他見到前後那些若隱若現的屍骨和惡鬼，他聞到了恐怖的惡臭，像是餿水、像是糞便、像是腐屍。

莫維其彎下腰乾嘔著，他的胃中除了酸苦的汁液，已經沒有東西可以讓他嘔出。他掙扎著摸索一陣，發現自己仍在地鐵站的廁所之中，他摸摸找找，按下電燈開關，眼前那些屍骨景象登時消退，迴盪耳際的哭嚎聲音也微弱許多，但湧入鼻腔的惡臭仍然強烈，他又乾嘔了數次，突然發覺裝有小夏畫具的袋子和那只牛皮紙袋竟然整齊地擺放在洗手台邊。

但他很快就失望了，袋中的那些畫筆全都斷了，白紙也染上了骯髒的顏色，而那牛皮紙袋中的錢也不見了，只剩下一些針管，莫維其知道那些針管裡頭裝著什麼，他憤怒地將牛皮紙袋推到地板上，一腳踩碎裡頭的毒品針管，看著毒品藥液淌洩一地，然後離開了廁所。

這時是深夜，早已過了地鐵站的營運時間，他破壞了地鐵站入口的鐵捲門，總算來到了市街上。

他迎著夜風向前走，摀著眼睛以阻絕那地獄景象，盡量用嘴巴呼吸來避免聞嗅腐屍的氣味，而他的另一手則摀著耳朵，但卻阻擋不了那鑽入他腦袋的聲音，像是魔鬼在他耳邊呢喃，對著他說——

「加入我們，成為我們，你將會愛上飲用鮮血，你將會愛上噬咬生肉，你將會愛上慘叫哭嚎。」

「神吶……你聽得見我的聲音嗎……如果你是萬能的……為什麼要讓我承受這種痛苦？」莫維其緩緩地，一步一步向著醫院的方向走去。

在太陽升起的時候，莫維其終於不再聽見那些從地獄傳來的聲音，和那些恐怖景象或腐屍氣味了，同時他也來到了醫院門前。

他狼狽地進入醫院，來到小夏的病房，推開門，偌大病房之中只有小夏一個病人，顯得有些冷清，小夏胸前掛著那個樹枝十字架，在病床上沉沉睡著；她因為失血過多，臉色仍是青青白白的。

莫維其愣愣地坐在小夏身邊，握著小夏的手，他茫然失神，向老管家借的十萬元醫療費用被惡魔換成了三管毒品，他的身體被惡魔像玩具一般拆卸組合，他已經一籌莫展了。

跟著，門被推開了，推門進來的是文老師，她手中捧著一袋水果等食物，身上穿著素白的套裝，神情依舊淡然。

莫維其肅然站起，接過那袋食物。

文老師來到小夏身旁，撥了撥她的劉海，對著莫維其說：「你不需要擔心她，她很好，很快就會復元，這十字架你應該帶在自己身上，否則你昨天也不會那麼慘了。」

莫維其聽她主動提起昨天的事，便問：「那個惡魔，說妳是……天使？加……加……」

「加百列，這是我在天上的名號。」

「好的……天使加百列，妳能告訴我，我到底碰上了什麼麻煩嗎？」

「戰爭。」從加百列的臉上看不出任何表情，她佇立在小夏身旁，淡然說著：「一場集雙方精銳，規模卻又極其微小的戰爭。」

莫維其搖頭說：「妳講明白點，我聽不懂。妳的意思是，這是一場天使和惡魔的戰爭？如果是，又為何牽扯到我和小夏，我們只不過是凡人。」

「我們是這場戰爭的指揮官，你，則是我們的戰場，你心中光明的一面和黑暗的一面，則是敵我雙方爭奪廝殺的士兵。」

「我還是不明白……」莫維其咳了幾聲，有些不耐地問：「那些惡魔到底是誰？為什麼預兆會在我身上發生？預兆之中所謂的『他』是指誰？我現在該做什麼？」

加百列靜靜聽完莫維其的一連串問題，然後回答：「他們是地獄中七個最強大的惡魔，在天上的我們，通稱他們為『撒旦』，也就是神的敵人、光明的對立面、邪惡的一方。他們嫉妒人類，也痛恨將他們打入地獄的神與天使，他們要復仇，要搶奪人間和天堂。然而那些貪婪、奸巧的惡魔具有強大的魔力，卻也畏懼天使與光明的力量。於是他們想出了這個把戲，他們欲以自身的魔力，在人世間打造出第八個撒旦。這是一場試探彼此實力的戰爭，而你，莫維其，就是這場戰爭的戰場。當惡魔的七個器官都裝入你的身體，使你犯下罪行、看見地獄煉火、聽見惡魔對你說話、聞嗅到死亡氣味、發出惡魔的聲音、吃飲人肉人血、擁有惡魔之心，當七個預兆在你身上實現時，你便成為第八個撒旦，這意味著天使的力量將不敵惡魔，而那七個惡魔便會召集地獄厲鬼揮軍人間，向神與天使發動全面戰爭。」

加百列繼續說：「相反的，若是七個預兆無法實現，最終你仍保有人性光明面，那麼便意味著惡魔的力量尚不足以控制凡人，他們會忌憚人世間數十億凡人的力量，更會懼怕天使和神的力量，這麼一來，他們便不敢輕舉妄動了。」

莫維其耐著性子聽，突然冷笑地說：「目前看來，惡魔的力量似乎強悍許多，我受盡了痛苦，而你們天使卻束手無策，前四個預兆都已經發生了，後三個大概也守不住。」

加百列看著莫維其說：「剛剛我說過，這是天使與惡魔的戰爭，但也是你和你自己的戰爭。不論天使和惡魔，所能插手的範圍都是有限的。」

「誰說的，那些傢伙能闖入我家，不論我在哪裡，他們都能找到我，硬生生地破壞我的身體，換上他們的。當我在承受苦刑時，你們天使在哪裡？神在哪裡？」莫維其有些惱怒地說：「我受罪時的哭聲，神聽見了嗎？」

「神聽見了。」加百列依舊以淡然的語氣說著：「祂也給了你抵抗的力量，不是嗎？否則，你如何能從阿撒斯勒的手中逃過一次？昨天，我也出手幫你了，不是嗎？」

莫維其不想在這個問題上繼續爭辯，他重新坐下，頹喪地說：「神不是至高無上的嗎？神不是無所不能的嗎？祂怎麼不動動手指，將惡魔彈成灰燼？」

「神從來沒說過自己至高無上、無所不能。」加百列悠悠地說：「這些浮誇的話語，都是人自己說的。目的只是豎立一個極端崇高的偶像來合理化自身犯下的過錯，人們常將『我不是神』、『我沒那麼偉大』掛在口邊，然後心安理得地繼續進行那些他們明知是錯誤的事；人們將神當成脫罪的工具、偷懶的藉口，而非砥礪的信仰、上進的基石。人們在歡愉享樂時，會想到神嗎？人們在掠奪殺戮時，會想到神嗎？只有受到苦難的時候，人們才會流下眼淚，祈求神赦免他們的罪。」

「人們過份誇大神的力量，卻吝於付出自己的力量，諷刺的是，人的力量正源自於神——」加百列語氣依舊淡然溫和，但眼神之中卻增添幾許堅毅，她說：「人的力量即為神的力量，人放棄了自己，等於放棄了神的力量、拒絕了神的援助。」

莫維其半晌不語，他攤了攤手說：「好，是我不好，我不懂得善用神的力量。那麼請告訴我，我現在應該怎麼做。」

「該祈禱時祈禱，該堅忍時堅忍，該勇敢時勇敢，不要輕信惡魔的話，不要和他們同流合污。」加百列緩緩說著，轉身離去。

「媽的……有說等於沒說……」莫維其無奈地趴伏在小夏身旁，閉上眼睛，腦中思緒混亂、嗡嗡作響。

至少他現在知道那七個惡魔的目的了，他只是一個戰場，是天使與惡魔角力、測試彼此力量的工具，小夏、小夏的哥哥、小夏哥哥的拳擊教練、阿詹，以及這些年來被他打殘的幫派敵手，都只是與他有關而受到波及的倒楣受害者罷了。

「小夏……妳醒醒，我想和妳說話……」莫維其握著小夏的手，親吻著，呢喃說著：「或許妳能告訴我，妳是如何從黑暗的深淵中爬起，如何善用自己的力量——神的力量，使自己重獲新生……妳能告訴我嗎？」

□

「前幾天，其實我聽見了你和文老師的談話。」小夏眨著眼睛，對著將一顆蘋果削得零零落落的莫維其說。

今天是小夏入院的第四天，她的傷勢已經好轉，能說能笑了。

小夏以鉛筆和白紙畫了許許多多的天使，張貼在病床四周。加百列也以文老師的身分替小夏支付醫療費用，以及莫維其的食宿費用，還調侃他說：「神不吝嗇請你吃幾頓飯，你就別再埋怨祂了。」

在這幾天中，莫維其也時時刻刻守護在小夏身旁，他仍堅持那樹枝十字架必須掛在小夏胸前，然而到了夜晚，他也準時坐在一旁，緊握著小夏的手，呢喃祝禱著，抵禦著鑽入耳朵的惡魔呢喃和吸入鼻腔的噁心腐臭。

此時莫維其歪著頭，專心削著蘋果，這竟是他生平第一次削蘋果，以往當他還是大少爺時，削蘋果這種事當然輪不到他來做，在他的幫派拚鬥生涯中，就算偶爾吃了蘋果，也是連著皮一塊囫圇吞下肚，以致他削出來的蘋果有稜有角，不少果肉部分都被他連皮削去。

「啊——妳剛剛說什麼？」莫維其突然感到小夏似乎在和他說話。

小夏接過蘋果，吃了一口，瞅著莫維其說：「我說，我有聽見你和文老師的對話，文老師應該不是普通人吧。」

「是嗎……這些事，妳還是不要知道比較好。」

「不行，我一定要知道。」小夏指指胸前的樹枝十字架說：「不然，我就要把這個醜不拉機的十字架摘下來。」

「這個東西醜歸醜，但似乎有點用……」莫維其按住小夏的手，他不曉得惡魔下一次找上門是在何時，他身上裝有惡魔的器官，但小夏只是個凡人。

「我知道有用，所以文老師曾向我暗示，要我將十字架還給你。」

「妳別理她，聽我的。」莫維其哼了哼。

「你要我聽你的，就應該將所有的事告訴我……」小夏再一次表示了自己的堅決。

「……這樣，就要從三年前的一個晚上說起，對我們的記憶來說，那應該是同一個晚上吧。」莫維其回想著當時的情景，把他曾經是有錢人家大少爺的往事，以及三年前面臨第一個預兆那時的事，一五一十地說了。

「你是說，那一天惡魔換掉了你的一隻手，而且為了威脅你吃下一頭豬，所以折斷了我的腳？」小夏不解地問。

「是啊，那些手段聽起來荒唐，但是說穿了只是想讓我害怕、讓我痛苦、讓我精神崩潰，讓我變得更接近他們而做出的可笑把戲，哼哼……」莫維其苦笑了笑，說：「悲哀的是，這種手段確實成功了，我當時的確崩潰了，在那一晚不久之後，就是校際拳擊比賽，我失控打死了兩個人，一個叫作阿詹，他是我學弟，也是我最好的朋友之一，另一個就是……妳的哥哥。」

「從那一刻起，世界就顛倒了。」小夏一口一口地吃著蘋果，突然迸出了這一句話。在那一天之前，小夏一家便如同教科書上收錄的模範家庭，是世上最美滿的家庭之一，爸爸是那樣地勤勞，媽媽是那樣地慈祥，哥哥是那樣地奮發上進，妹妹是那樣地率真可愛。

當那一天，莫維其恐怖的拳頭接連打在哥哥臉上不久，小夏在學校便得知了這個噩耗。和樂再也不復見，眼淚淹沒全家，哥哥再也回不來了，媽媽死了，爸爸垮了。

小夏孤伶伶地被送到陌生的遠親家中，那個家庭有一個凶暴的男主人和兩個頑劣的男孩，小夏進入那個家庭第一個月裡的某個夜晚，就被醺醉的男主人侵犯了，男主人的兩個頑劣男孩，自然而然地也將小夏當成了欺負、發洩的對象。

兩個月後的某一天，小夏離開了，再也沒有回去那個偽裝成家的地獄。

她四處遊蕩，那時，她沒有養活自己的能力、也無處可去，她認識了一些能夠提供她生活所需的「朋友」。小夏和那些朋友度過了很長的一段時間，經歷過人生之中最強烈的快樂和痛苦。

當時的她，是一個和現在的小夏截然不同的小夏，那是一個令現在的小夏一想起就會感到椎心痛楚的小夏。

「哥哥的事，我無法責怪你。我也曾經做過許多錯事，我將那些記憶關起來，將我胸口裡頭的破洞一針一針地縫好，所以當我第一次見到你，覺得有一種似曾相識的感覺，你的眼神和以前的我一模一樣，都是靈魂破碎的人的眼神……」小夏將蘋果果核以衛生紙包裹妥當，扔進了垃圾桶。

在小夏的追問之下，莫維其開始述說起他的眼睛、他的耳朵、他的鼻子一一被換掉的經過。

小夏撫摸著他的手、他的眼睛、他的耳朵、他的鼻子，問：「一定很痛吧……」

「當然，我痛到哭了……」莫維其點點頭。

□

這一天，黃橙的夕陽將建築物映得一片金亮，莫維其提著一袋換洗衣物來到醫院外頭的自助洗衣店，洗衣店中只有他一個客人。他將髒臭的衣物丟入滾筒洗衣機中，以紙鈔換了零錢，投幣購買洗衣粉、柔軟精等洗衣用劑，最後將一枚一枚錢幣投入自助洗衣機的錢孔，看著滾筒裡頭旋轉、濕濡、起泡、滾動、沖洗、拍打，使他產生一種「骯髒被洗去」的莫名愉悅感。

他的視線更加專注地瞧著滾筒玻璃門，覺得有些奇怪，在那滾筒之中，有個小黑點並未隨著滾筒滾動而旋轉，反而是一直維持著同樣的位置、高度，像是懸在滾筒的正中央一般。

莫維其湊近幾步，隱隱見到那小黑點似乎還會高低晃動，不過他仍然看不清那是什麼玩意兒。

小黑點增加了，從一個變成兩個，兩個變成四個，莫維其咦了一聲，他見到滾筒之中的小黑點以倍數增加，而且開始擴散飛動時，他終於看清楚了——那是蒼蠅。

更多蒼蠅出現在滾筒中，滾筒在旋轉、攪動之時，將許許多多的蒼蠅攪和進水中，和衣服拍打成一塊，這只是半分鐘之內的事，在下一個半分鐘，滾筒中已堆積了八分滿的蒼蠅，牠們發出的嗡嗡聲甚至透過滾筒洗衣機的玻璃擋門傳入莫維其的耳中。

「該死！」莫維其感到一陣難以忍受的恐怖和噁心，他的頭皮發麻，下意識地摸了摸左眼處，明明還纏繞著紗布卻仍見到了異象，這表示惡魔又找上門來了，同時，他的右手背再次灼燒出火紅字痕——

預兆五：吟唱

替你換上惡魔之聲

他要你吟唱魔鬼之歌

「哼！」莫維其握緊拳頭，使右手激出紫黑色的筋脈血管，準備迎接來襲的惡魔。他十分緊張，一遍一遍默唸著加百列的叮嚀：「人的力量，即為神的力量……」

洗衣店中的白色日光燈旋即覆滅、又亮起，卻變為昏暗的黃色，像是午睡時的夢境。其他無人使用的滾筒洗衣機一台一台無端地啟動了，裡頭的洗衣槽轉著、轉著，一顆一顆人頭在其中攪動、攪動。洗衣機的門縫底下淌流出冒著泡的血漿，沿著瓷磚接縫流動。

「媽的，排場很大……」莫維其強忍著顫抖，卻止不住從額上滑落的汗，他回頭，見到洗衣店大門離他不到三公尺，他只要回頭就能逃脫；但他有些猶豫，他想起加百列要他在該勇敢時勇敢，但此時是應該勇敢的時刻嗎？

他向後退了半步，甩了甩因為緊握而麻痛的右手，揮揮負責刺探、突擊的左手，搖晃起身子，擺出一副擂台上拳擊手該有的樣子。

喀啦一聲，莫維其使用的那台洗衣機開了，嗡嗡之聲登時大響，那些蒼蠅洶湧竄出，聚集成了一個面貌猶如死屍的巨漢。這巨漢的身材與彼列相似，都有一身蠻橫肌肉，巨漢雙手上鎖著鐐銬，額頭上刻印著數字編號，像是從地獄脫逃出的囚徒。

「第五個魔王還不出來？」莫維其感受到巨漢身上散發出的氣息和之前四個魔王相去甚遠，身上具備了四個魔王器官的莫維其，此時甚至不太害怕他。

巨漢咧開嘴巴笑了，同時他舉起雙臂，將那雙鎖著鐐銬的雙臂當成大榔頭轟地朝莫維其腦袋砸下。

莫維其側身閃開，他對惡魔厲鬼已經有了許多認識，此時和這巨漢鬥毆，就和以往與敵對幫派廝殺拚鬥似乎沒有太大不同。他側身閃開巨漢的攻擊，熟練地踢出一腳，踹在巨漢的小腹上；不過那巨漢卻不像以往的敵對幫派嘍囉一般地讓這腳踢彎了腰，而是繼續輪動他那雙粗壯的雙臂，朝著莫維其攔腰掃去。

「唔——」莫維其讓巨漢的重臂打著，向後退了幾步腳便撞在一台洗衣機上，只覺得腰腹間疼痛難當，他暗罵幾句，準備還以顏色，但他只前進一步，卻拐了一拐，他見到自己的小腿上給一隻手緊緊抓著，一驚之下摔倒在地。

那隻怪手的主人躲藏在洗衣機中，是個長髮女鬼，她的雙眼是兩個黑色的凹坑，嘴巴有一個奇異的鎖銬，是以無數支黑釘子穿插固定在她的臉上，從奇異鎖銬的縫隙中，還不停流淌出烏黑色的漿汁。長髮女的額頭上也有一排編號，似乎也是在地獄身受苦刑的厲鬼。

長髮女發出了怨毒的呻吟，快速爬上莫維其的身子。

「滾開，魔鬼！」莫維其這才感到驚恐，他揮拳打在那長髮女的腦袋上。莫維其這一拳力道甚重，將長髮女打得撞在地上又反彈上牆，像一隻壁虎一般攀伏在牆上。

這幾日下來，他感覺得到自己體內的變化，他的身體上有著亞巴頓、莫斯提瑪、阿撒斯勒、彼列等四個地獄魔王的一部分器官，他的力量一日大過一日。

他隨即掙扎起身來，專注凝視著前方步步逼近的巨漢，和斜方攀扶在牆壁上的長髮女。

巨漢奔衝而來，莫維其上前迎戰，以左拳刺探、右拳猛擊，在那巨漢胸口、頭臉之際連連打了好幾拳，但那巨漢像是不怕疼痛一般，猙獰嗥叫一聲，低頭一撞，將莫維其撞得眼冒金星。

莫維其狼狽地轉身繞過幾台洗衣機，躲入洗衣店的更深處。四周光線昏暗，莫維其感到腳下凹凸不平。這兒的一面牆壁嵌著一整排烘衣機，供客人將洗淨之衣物烘乾，但此時這片烘衣機的外觀卻與平常有些不同，沒有玻璃擋門，裡頭的滾筒密布著有如利齒一般的腐鏽鐵片，更像是一台台絞肉機。

巨漢轟隆隆地自左邊走來，長髮女迅捷地自右邊牆壁爬來，跟著一個飛撲撲向莫維其。莫維其抓準了時機，一拳擊出，打歪了長髮女臉上的那只鎖銬，噴濺出一片黑血，但長髮女仍然繞至莫維其背後，緊緊架住了他。長髮女將臉貼近莫維其，她臉上的鎖銬讓莫維其打歪一邊，半邊臉的皮肉因被鎖銬鐵釘撕扯而崩裂，露出半邊嘴巴，嘴巴中的利齒歪曲恐怖；她不停地發出嘶吼聲，欲以半邊嘴巴去啃咬莫維其頸子上的血管。

「好！妳咬死我，剩下的預兆也甭實現了！」莫維其哼哼罵著，他的手抵著長髮女的腦袋，但阻不住長髮女的狠勁，他的頸子還是一點一滴地讓長髮女幾根伸出嘴部鎖銬的利齒給插入，莫維其只得反手揪住長髮女的頭髮，將她腦袋向後拉遠。

巨漢也已來到莫維其的面前，雙臂舉至一邊，然後像揮棒一樣朝莫維其腦袋揮去；莫維其轉身，以長髮女的後背去迎接這強悍的一擊。

轟——長髮女的身體發出了碎裂的聲音，她鬆開了手，莫維其也讓這股怪力撞得七葷八素，直直撞在烘衣機前。他正欲轉身，卻感到背後一股怪力襲來，那壯漢抓住了他的雙腳，要將他往那有如絞肉機的烘衣機中塞。

莫維其左右按著烘衣機圓孔的兩側，他見到裡頭那些如同利齒一般的鐵片上還掛著碎肉和血漿，心想這或許是地獄刑求室中的器具之一。他盡力與那巨漢的力量抗衡著，他的惡魔之手漸漸發力，讓自己離這恐怖的刑具更遠一些，但同時他見到烘衣機深處冒出一個惡鬼，全身讓火燒灼得沒一處好肉，額頭上同樣也有著編號；這一隻火傷惡鬼怪笑著，伸出雙手，抓住了莫維其的腦袋，將他往烘衣機深處拉。

「啊——」莫維其前後受敵，漸漸地就要讓那火傷惡鬼和巨漢一拉一推地給塞入烘衣機中了；他見到那負傷的長髮女一拐一拐地來到他的身旁，緩慢地將幾枚黑色的錢幣投入烘衣機，在那烘衣機上的按鍵處按著。

他感到一陣灼熱，他見到烘衣機深處發出了紅光，那些利齒也跟著發紅，那火燒鬼啞啞嗥叫起來，但仍然猛力拉著他的腦袋，要將他拉入烘衣機。然後，那些利齒鐵片緩緩動了，切割著火燒鬼的身子。

「你們這些……噁心的傢伙！」莫維其大吼著，鼻子噴出了黑霧，左眼處的紗布泛出凶光；他的耳朵聽見了惡魔的讚美，他的惡魔之手噴發出巨力，竟硬生生地將烘衣機門孔邊緣撕扯下一塊，然後砸在火傷惡鬼的雙臂上，將火鬼的手臂給砸斷了。

前方的拉力沒了，莫維其猛力一撐，將身子彈離烘衣機，反身一拳打入那巨漢的胸腹中；

他將手臂抽出時，那破口便如同崩潰了的堤防，噴洩出黑色的血漿和內臟碎塊。

好夥伴，越來越像是一個稱職的魔王了——

繼續廝殺吧——

繼續憤怒吧——

惡魔的歌聲從四周發響，其餘數台滾筒洗衣機也轟然震動著，機門一扇一扇地彈開，漫出更多蒼蠅，五群蒼蠅各自幻化出了五個妖異魔物。

居中的是個雙眼、嘴巴都以黑線穿插縫合的佝僂老人，老人一雙瘦長的枯手低垂觸地，各自抓著兩條鎖鍊，鎖著另外四個惡鬼。

靠近老人身旁的是兩個小女孩，年齡都在十歲上下。左邊的小女孩皮膚死白、身穿紅裙，一雙眼睛通紅一片，口中的利齒也是紅色的，她咧開嘴巴，凶惡地朝著莫維其低聲嗥叫；右邊的小女孩則穿著白裙、血紅皮膚，兩隻眼睛呈現灰白，低垂著頭輕哼著幽冥歌聲。這兩個小女孩樣貌相近卻又各自不同，給人一種奇異錯亂之感，她們的頸子上都有著鐐銬，連接著的鎖鍊便讓身後那個佝僂老人抓著。

再前方是兩個光頭男人，他們的頭歪向左右，面無表情，瞳孔縮成一個小點，身子赤裸，頸子上同樣也有著鐐銬讓老人牽著，他們各自拿著一把奇形異狀的「工具」，上頭沾染著血污和肉屑。

這五個魔鬼額頭上都有著編號，代表他們都是地獄的受刑厲鬼，隨著魔王來到塵世，襲擊莫維其。

莫維其氣喘吁吁地向那老人問著：「你就是那第五個魔王？」

那老人雙眼和口部被黑線縫合，聲音自喉部發出：「拜恩，是我的名字；拜恩，無法帶給你預兆；拜恩，是來教你做一個稱職的魔王；然後拜恩，將會成為你的手下……」

「去你的——」莫維其意識到這是一場惡魔對他的捉弄，讓他不停和地獄惡鬼作戰，激發他的暴戾之氣。他不甘受到惡魔擺弄，轉身奔逃，閃過了長髮女的撲擊、避開了那兩個光頭男人的恐怖器具、躍過了那兩個小女孩，衝出洗衣店。

街上人潮依舊，回頭洗衣店中的燈光已恢復成亮白色，但是莫維其仍然見到那兩個小女孩坐在洗衣店中的椅子上向他招手，又見到那兩個光頭男人分立在洗衣店中惡狠狠地瞪視著他。

莫維其無可奈何，放棄了他的衣物，奔越過馬路往醫院的方向前進，他想聽聽天使加百列的意見，他想質問加百列，神是否偷懶沒將力量灌輸給他。

他在醫院的前庭中停下了腳步，傻愣了眼睛，他見到醫院的上空籠罩著一團團的黑煙，令莫維其愕然的是，那些黑煙竟不是從醫院中瀰漫而出，而是自外頭向醫院湧灌，然後，他發現了更令他詫異的事實——

那不是黑煙，因為他聽見了強烈的嗡嗡聲。

那是蒼蠅，無以數計的蒼蠅。

病人、醫生、護士們一個個驚慌失措、嘶聲怪叫地奔逃出院。

「不會吧！」莫維其無法像那些病人一樣逃跑，至少他得到小夏的病房中確認她是否安然無恙，小夏的腿還裹著石膏，無法奔跑。

他脫下外套，猛揮猛掃，掃開那些落下的蒼蠅，他衝入了醫院，強烈的壓迫感使他冷汗如漿泉般湧冒，他耳中迴盪著刺耳響亮的歌聲，歌聲淒厲且嚴肅，像是地獄的行伍士兵齊聲吶喊，又像是成群的幽冥教徒引吭高唱。

接著，他的左眼刺癢難耐、鼻子痠麻抽動，一股濃烈惡臭鑽入了他的鼻腔，直達胸肺。

「哼哼，死纏不放的傢伙……有種你現身……」莫維其將震撼與恐懼轉為憤怒，他吼叫著，循著樓梯向上奔跑。

小夏的病房在七樓，他很快地奔上了三樓，在通往四樓的樓梯上，擱著幾個額頭上刻著編號的惡鬼，他們身上都有毒刑的傷痕，戴著或是插刺著可怖的刑具，他們的眼神都凶慘淒厲，一見到莫維其，就瘋狂地展開攻擊。

莫維其也不甘示弱，展現出他以往逞凶鬥狠的一面，以惡魔的拳頭將那些惡鬼打翻，抓著他們的腦袋往牆上撞，或是一個個往樓梯下扔砸。

他來到五樓的階梯，轟隆一聲巨響，一團灰白色的東西轟然砸落在莫維其眼前，使他呆立驚愕。

螢光飄飄、羽片旋落，那是一個天使，一個渾身浴血、遍布傷痕的天使。那天使肩背上的羽翅被折得斷裂扭曲、染得通紅，一個雙頭厲鬼緊跟著落下，壓在那天使的身軀上，一爪子掐斷了天使的頸子。

莫維其閃過厲鬼對他的攻擊，朝六樓奔去。六樓的景象異常慘烈，有數十個持著寶劍的天使，與舉著各式刑具、刀叉的厲鬼激戰，煉火在四處燒灼，無數的蒼蠅不停地幻化出更多的厲鬼，將那些身上泛著白光的天使埋沒。

莫維其忍不住衝上前踢翻了幾個壓著天使撕咬的惡鬼，他見到前頭一個高大胖壯的身軀背對著他，陡然生起一股熟悉的厭惡感。

那巨大身軀轉頭，朝莫維其冷冷一笑，說：「夥伴，好久不見，我——亞巴頓很想念你。」

亞巴頓一邊說，還掐起一名天使，一口咬去了天使的半邊腦袋。

「誰是你的夥伴！」莫維其憤怒吼叫，揮拳朝亞巴頓打去。

亞巴頓迴身，以左掌硬接，在拳頭和手掌接觸時，炸出了黑色的煙霧。

「不愧是我——亞巴頓的右手，力量很大。」亞巴頓咧開嘴巴笑，他的左掌讓莫維其的右拳打得皮開肉綻，但他一點也不生氣，只是抓握住了莫維其的右手，將他扔甩到了樓梯邊際，說：「今天的主角不是我——亞巴頓，你還是繼續往上走吧。」

莫維其想起小夏，他無暇顧及這些天使，趕緊轉身繼續向上。

七樓的廊道間瀰漫著紫綠色的光霧，一群群的蒼蠅在四周飛竄，莫維其奔跑著衝向小夏的病房。病房中閃耀著微弱光芒，傳出一陣陣奇異的聲響，他很快地衝了進去。

加百列，在天上最有權勢的四天使之一，左邊肩膀連著手臂已不在她身上，而是躺落在門邊，也就是莫維其的腳邊。

面對這種場面，莫維其不敢置信，缺少了左肩和左臂的加百列，全身讓鮮血染得赤紅，羽片紛紛揚揚地自背上的六翼白翅飄落。

在加百列面前與之對峙的是一名身穿黑色服飾的女性，那女性嫵媚地躺坐在一張由蒼蠅聚集而成的大椅上，目不轉睛地看著加百列，然後她將目光轉至莫維其的臉上，嬌笑著：「你就是即將成為我們夥伴的那個孩子，是嗎？」

莫維其見到沒有左肩的加百列的慘狀，心中的震撼可想而知，他發著抖說：「妳就是第五個惡魔……」

加百列笑了起來，說：「是，她就是負責在你身上實行預兆五的惡魔，地獄中最不知分寸、最沒有節制的惡魔，天使的頭號通緝目標，蒼蠅女王——別西卜。」

「能獲得四大天使之一的加百列如此恭維，我感到很榮幸。」別西卜嬌聲笑著，她向莫維其說：「來吧，孩子，來接受我的聲音，成為我的夥伴吧。」

加百列淡淡笑著說：「他永遠也不會是你們的夥伴，這一場戰爭，必然是神與天使的勝利。」

「妳很倔強。」別西卜笑看著加百列，加百列也同樣微笑以對。

「和我一樣倔強。」別西卜話還沒說完，只輕輕抬了抬手，一道黑風倏地朝向加百列的右肩掃去。加百列縱身要飛，但沒能來得及避開這記黑風，她的六隻翅膀被削落了三隻，摔撞在病房角落。

「原來你們是如此迫不及待地想要對我們發動全面戰爭？」加百列口中淌落鮮血，仍然微微笑著直視別西卜。

「小夏！」莫維其趁著別西卜與加百列針鋒相對之時，朝著別西卜身後那讓惡鬼押著的小夏奔去。

小夏避開了莫維其伸來牽她的手，搖頭喊著：「你別管我，你趕快逃，別讓預兆發生在你身上——」

「我們一起逃！」莫維其怪叫著，揮拳打倒幾個前來阻攔的惡鬼，起腳踹開那個押著小夏的惡鬼，一把將小夏拉入懷中，拖著她要逃。但小夏蒼白著臉，扯下了掛在胸前的樹枝十字架，塞入莫維其懷中，指著自己裹著石膏的腳說：「帶著我，你是逃不掉的……」

「莫維其，小夏的命運早已決定，你不用擔心她。拿回你的十字架，專心禱告，什麼都不要想，就算是別西卜也奈何不了你，照著我的話做——」加百列突然高喊，她挺直身子，身上發出了耀眼的光芒，別西卜身後的不少惡鬼都讓這陣光芒映得滿地打滾。

「自相矛盾！這是妳所謂的勇敢嗎？」莫維其惱怒地吼著，他將樹枝十字架掛回小夏頸上，將她抱起轉身奔逃，踢倒兩隻惡鬼之後，衝出了這間病房。

「哼哼。」別西卜並沒有回頭阻止莫維其，她慵懶地從椅子上站立起身，似乎決意要與加百列做最後的對決。

加百列閉上了眼睛，身子綻放出更亮眼的光芒。

別西卜身上的皮膚蠕動發顫，一隻隻蒼蠅自她的雙臂、雙乳、眼耳口鼻中鑽出，在別西卜身後聚集成一團黑霧。

廊道中擠滿了地獄囚徒，他們的額上都刻印著七位數的數字印記，他們兇惡地追擊著莫維其和小夏。

莫維其只得將小夏靠牆放著，轉身奮力與那些撲衝而來的厲鬼搏鬥，他的拳頭擊碎了許多厲鬼的腦袋，但終於漸漸力竭，他不住地後退，嘶聲吼著：「神啊！你看見了嗎？我正在奮鬥，為什麼你仍然不給我力量？」

小夏挪移著自己的身子，想將十字架塞回莫維其的手上，但她身後一扇房門登時化出四隻手臂，將她拉進門中。

「小夏！」莫維其驚怒地轉身追入房中，病房中燈光微弱黯淡，凌亂散倒著病床和各式醫療器具，小夏癱軟倒在地上，她身前站著一個披頭散髮、彎腰佝僂的怪人，他的額頭上同樣印著數字印記，但卻是整數——「0010000」，一萬。

「沙克斯向未來的主人叩拜——」這自稱沙克斯的傢伙，有低垂觸地的四隻手臂，他的雙眼如同毒蛇、紫黑色的舌頭掛至胸腹，像是一隻凶惡的野獸。

「滾開！」莫維其驚懼憤怒交雜，他見到沙克斯一隻手還提著小夏的腳踝，便氣憤地奔上，往沙克斯的臉擊出一拳。

沙克斯鬆開了小夏，四隻手齊伸，以其中三隻手抓住了莫維其揮來的右拳，餘下的一隻手抓住了莫維其的左拳，將莫維其整個人壓倒在地。

「未來的主人吶，為什麼你要將拳頭擊向沙克斯……」沙克斯轉而以雙手壓著莫維其的雙手，再以多出來的雙手，掐著莫維其的頸子，漸漸箍緊。

小夏掙扎起身，將手中的十字架壓上沙克斯的後背。

「唔……唔……」沙克斯發出了難受的嗚咽聲，壓制的力量減少許多。

莫維其抽出手臂，直直出拳，擊在沙克斯的下巴上，沙克斯的舌頭因此讓自己急速合上的牙關給絞斷，像一條泥鰍般掉落在地上翻滾。

「混帳！混帳！」莫維其翻轉起身，反騎在沙克斯的身上，一拳一拳、一拳一拳，將他的腦袋給打得稀爛。

「維其！維其！」小夏自後方抱住了莫維其，把他從暴怒中拉回現實。

「很久以前，文老師就曾經告訴過我，我的靈魂將會在無私奉獻時得到真正的救贖。這幾天我做了許多夢，我知道了更多更多關於你的事、關於我的事……我知道自己該做些什麼，至少絕對不該在這個時刻牽絆住你……我想今天或許就是我得到救贖的日子……」小夏將那十字架掛上莫維其的胸前。

「妳別聽她的，他們只會唱高調，說些不切實際的話！」莫維其伸手想要取下小夏幫他戴上的十字架，他喊叫著：「我很強，十字架妳戴著，我們要一起逃出去！」

小夏摟著莫維其，流著眼淚說：「強的並不是你，強的是惡魔賜給你的力量，你還不懂如何善用自己的力量，你太依賴惡魔的力量……最終會使自己墮入地獄。」

「別在這個時候跟我說教——」莫維其大吼。

小夏一拐一拐地站起，往後退一步，搖了搖頭，落下淚來，笑著說：「你如果拿著十字架一定能逃得掉，但是有我在身邊，就會讓你綁手綁腳，上次在圖書館不也是如此嗎？」

「沒那回事！過來！」莫維其追上小夏，欲將十字架套回她的脖子。

小夏又後退了幾步，突然身子一顫向後仰倒，旋即又挺直站起，但眼神已經不是小夏的眼神，接著喉間傳出別西卜的聲音：「女孩說得沒錯，她比你聰明多了。孩子，你已具備了四個魔王的器官，要是再拿著那玩意兒，可麻煩得很……」

莫維其愕然地說：「妳是惡魔別西卜，妳……妳把加百列怎麼了？」

「妳說加百列？那個膽小鬼夾著尾巴逃跑了，天使已經認輸了，神的力量已大不如前，你知道為什麼嗎？」小夏仰頭大笑，說：「祂要照顧的子民太多了，力不從心——」

「妳這骯髒的傢伙，快滾出小夏的身體！」莫維其緊握著樹枝十字架，頓時感到掌心中湧現出一陣力量，那是一股比惡魔之手還要強大的力量。

「哼哼……」小夏嘿嘿一笑，張口吐出一團蒼蠅。

莫維其握著十字架左揮右掃，掃落了一片一片的蒼蠅，但蒼蠅不減反增，嗡嗡之聲響徹整間病房。

小夏像是一頭獵豹，倏地低頭撞進莫維其懷中，將莫維其撞得反彈了數公尺，摀著胸腹不停嘔吐。

「雖然你拿著那玩意兒，不過我好歹也是地獄魔王之一，我要將這個女孩打入地獄，是易如反掌的事喔。」小夏歪著頭笑說。

「那我會殺了妳——」莫維其掙扎站起衝向小夏，但小夏一個翻身跳上了房中另一角，那兒倒插著幾片又尖又長的玻璃碎片，小夏就這樣頭下腳上地停在那堆碎玻璃的上方數吋。

「不要！」莫維其失聲大喊。

「孩子，我們來做個交易，你把那玩意兒毀去，乖乖讓我對你進行第五個預兆，我就放過這女孩，如何？」小夏媚笑著說。

莫維其痛苦說著，他說：「好……我答應妳的要求，你們要的只是我而已，但是妳也必須答應我，之後別再找她的麻煩。」

「這有什麼難的。」小夏點頭應答。

那樹枝十字架便在莫維其右手的怪力之下，揉擰成一堆碎碎爛爛的枝葉殘渣。莫維其將手中的殘渣撒落在地，覺得心中有些悵然，腦中也突地浮現那褐髮小男孩的嘆息模樣，他怔了怔。

「很乖，我很高興。」小夏微微笑著，她走向莫維其，伸手搭上他的肩，在莫維其的身體上撫摸著。

「妳……做什麼？」莫維其愕然地問，他搖晃著小夏的肩，說：「妳出來了沒？妳快離開她的身體。」

「哼哼。」小夏並沒回答，她笑了笑，背後漫出大群蒼蠅圍繞到莫維其身邊，然後在他腳後聚成一張黑色的、麻麻癢癢的、嗡嗡作響的「床」。小夏將莫維其推倒在那張蒼蠅床上，接著將自己的衣服一件件褪去、解下，很快地，小夏的身上便一絲不掛了。

「妳……？」莫維其既驚愕且難堪，他想要掙扎起身，但小夏已經壓上了他的身，吻上了他的唇，雙手在他身上摸索著，滑嫩的舌頭伸入了他的口中，滾動、深入。

「啊——」莫維其瞳孔陡然伸縮，他感到一陣撕心裂肺的痛楚。

他的喉中被灌入了無數隻蒼蠅，嗡嗡著、爬竄著、啃噬著他的喉嚨——他的聲道，血液從他的口中淌洩而出。這次莫維其沒有祈禱，他覺得自己似乎有必要表現充分的誠意。

終於，小夏昂起了頭，舔著嘴角的鮮血。

莫維其不停地嗆咳著，口中噴出霧狀的血珠，沙啞地吼叫：「別西卜，妳滿意了吧，放過她吧……」他的聲音和之前已大不相同，像是一個患重度感冒的病患。

小夏的神情突然變得複雜起來，她的臉上多出了羞恥和痛苦的神態，她看著滿口鮮血的莫維其，忍不住落下了眼淚。

「小夏?小夏?」莫維其掙扎起身，欲拉過衣服幫小夏遮蓋。

但小夏陡然彈起，赤裸的身體凝止在空中，然後，喀嚓——她的左腕，擰轉了一圈，發出了清脆響亮的骨骼折斷聲。

「妳做什麼——」莫維其憤然大吼，他奔到了小夏身旁，卻拉不動凝止在空中的她，他大吼著：「別西卜，出來、出來!」

小夏的喉間滾動出這樣的聲音：「你別著急嘛。」

「唔——」小夏緊閉著眼睛，嗚咽一聲，右腕也跟著擰轉了一圈。

「女孩，妳和加百列一樣倔強嗎？為什麼不哭？為什麼不叫？哭吧，叫吧——」別西卜的聲音從小夏喉間響著，小夏雙臂上的皮膚出現了凹凸不平的凸點，那些凸點在小夏雙臂的皮膚中爬竄遊走，遺留下瘀紅的爬行痕跡。小夏強烈地顫抖著，承受著劇烈的痛楚、眼淚不停流下，但是沒有哭嚎出聲，她哽咽說著：「維其……你快走……別管我了……」

「別西卜，妳做什麼！」莫維其憤恨大吼著：「妳不是答應我要放過她？」

「惡魔的承諾，你竟然當真？」別西卜的奸笑聲自小夏的喉頭間響亮發出。

那些在小夏皮膚底下遊走的凸點爬到了臉部，小夏的痛苦更盛了，她啜泣著說：「惡魔，妳為何不直接殺了我？」

「女孩，這是因為我想折磨妳，或者，妳可以叫妳的維其殺妳。」別西卜的聲音如此說著。

莫維其在小夏身前跪了下來，哀嚎著：「不……我求求妳，妳放了她，妳放了她，我不再反抗你們，第六個預兆、第七個預兆，我也乖乖承受，放了她吧……」

「啊——」小夏尖叫一聲，那些遊移的凸點爬竄到她的眼耳口鼻，從她的眼皮底下、鼻腔之中、口唇內側、耳道裡頭鑽出飛起，是蒼蠅，猙獰染血的蒼蠅。絲絲點點的血噴濺在莫維其的臉上。

「殺了我！維其，殺了我，拜託你——」小夏哭叫起來，更多的蒼蠅從她的眼耳口鼻竄出，更多的血霧噴灑降下。

同時，小夏的雙臂開始擰轉，和她的手腕一般慢慢、慢慢地擰轉，同時，無以計數的蒼蠅在小夏的身軀各處皮膚下遊移，原本光嫩的身子，一下子添上了滿滿的血紅痕跡。

「神啊，你瞎了嗎！」莫維其抓著頭哭喊著，他沙啞狂吼站起，顫抖的雙手扼上了小夏的頸子。

「求求你，維其，殺我！」小夏哭嚎著。

「神啊……你瞎了嗎……」莫維其涕淚縱橫，他難以施力，但是在下一刻，他見到小夏的臉龐崩現出裂口，鑽出巨大的蛆蟲。她雙臂激烈地扭曲擰轉，身軀上無以計數的凸點一一破裂，猙獰的蒼蠅鑽出，血霧噴發上半空。

當他聽見小夏因為強烈的痛苦而發出了一聲深沉的嘶嗚時，他似乎也聽見了自己心中那一道碎裂的聲音，在這一剎那，他終於出力緊握、更緊握。

小夏的頭垂下了。

更多的蒼蠅伴隨著黑霧自小夏的身軀中噴散而出，她的身子疲軟地癱下，讓莫維其接在懷中。

莫維其再度跪下，愣愣看著懷中那個血淋淋的小夏。小夏的雙眼緊閉著，身上沒有一處完好的地方，整個紅色的小夏。

那些自小夏身軀中發散而出的蒼蠅與黑霧在房中一角聚合，現出別西卜的身影。別西卜的神態依然慵懶嫵媚，她緩緩走到莫維其身旁，撫摸他的臉，媚笑著：「你的吻令我難忘。」

別西卜話還未完，隨即閃電般飛旋上半空，避開莫維其憤怒彈起所揮出的那如暴風雷電般的拳頭，莫維其像一隻獵豹，快速躍向別西卜，揮爪扒她。

別西卜飛出病房，向長廊直竄。她經過之處，兩旁的牆上浮現出許多魔法符文光圈，踏出了一個個地獄厲鬼。

「啊——」莫維其的嚎哭聲像狂風一樣捲來，他追出廊道，暴衝著往前，廊道前方那一整群被召喚而出的地獄囚徒也無法阻止他，窗戶紛紛碎裂，一隻隻地獄厲鬼的腦袋被砸碎、身體被打破、脖子被擰斷、四肢被拆散。

「啊——」

莫維其纏繞著左眼的紗布滲出了紅色的眼淚，喉間發出了一記一記、驚天動地的聲音，那是惡魔的哭聲，像是要撕裂天空和大地一般地傳開。

「啊——」

繼續憤怒吧　更加憤怒吧
殺吧　殺吧
這一夜　盡情地殺吧
這一夜　新的惡魔誕生了

惡魔的呢喃聲不停在莫維其耳際轟響著，與他的哭吼聲合鳴共響，彷如是一首激昂的魔鬼之歌，更多更多的地獄惡鬼朝著莫維其撲擁而上，更多更多的血和碎塊炸了開來。

第四章

踩踏著鮮血前進

Belial

彼列，這個字有「無價值」、「不值得一提」的意思。也是傳説中，所羅門王七十二柱魔神中的一柱。

在深夜裡，滂沱雨水像是要打穿大地般地降下，四周除了轟隆隆的聲音之外，幾乎聽不見任何聲音。

廣闊的公園已過了熄燈時間，各處都是一片漆黑，只有在某個隱密處的小徑上，有著紅紅一點像是動物的眼睛發出的光芒——是凶猛野獸的眼睛、是莫維其的眼睛、他的左眼。

在十六天前，小夏死去的那晚，他在醫院中像是一頭負傷的凶猛野獸，暴風般地殺戮著從四面八方大量擁向他的地獄厲鬼。

當時他的腦袋讓憤怒塞滿了，他的眼睛看見的只有血和死亡，他的耳朵聽到的只有那些厲鬼發出的嚎叫聲，他的鼻子只嗅得到腥臭味，從他口中發出來的全是惡毒的咒罵和哀痛的哭嚎。

一夜暴殺，他竟有些沉迷在這種情境之中。

在金亮的太陽升起時，他來到了醫院一樓庭院，四周圍著警戒繩圈，外圍有些身穿消防衣的人員，和許多衛生單位的官職員等，大家很快把他帶出了警戒圈外，嘮嘮叨叨地問了許多話。莫維其一句也答不出來，他低頭看著自己的身上，他以為身上衣褲會是骯髒的紅黑色，但其實沒有；他回頭看身後的醫院大樓，他以為會是滿目瘡痍、染滿污血的景象，但其實沒有。

於是他又偷偷潛入這間醫院，只見到一些衛生人員拿著消毒器具，逐層樓搜尋那肆虐了一晚的蒼蠅，但一隻蒼蠅也沒有找到。莫維其來到了小夏的病房，空空如也，沒有小夏、沒有血跡、沒有器物破損，一切似乎都未曾發生過一般。

在莫維其的打探之下，才知道大部分的病人和醫護人員在蒼蠅大舉侵入的一個小時內，就倉皇地撤離了醫院，無以計數的蒼蠅包覆了整間醫院，當天將大明，從各地聚集而來的衛生人員和除蟲專家準備開始行動時，那些蒼蠅又不知溜去了何處，彷彿一下子消失在空氣之中。

只有莫維其知道發生了什麼事，他暗暗祈禱著昨夜的一切只是一場惡夢，他開始四處搜尋小夏的下落，他希望小夏還在這城市中的某處，準備著美食和一幅幅的畫作，等待著聽他誇張地講述這一場恐怖的惡夢。

但他的希望落空了，他在圖書館中找不到小夏，他在畫室中找不到小夏——畫室接連數天都未開課，許多學生都聯絡不上文老師，那天上最有權勢的四天使之一的加百列。

莫維其漸漸開始認清，那一夜的經過並不是夢，最實際的證據就是他沙啞的聲音，他感覺得出他喉部的異變，那是別西卜換給他的聲帶。

當他終於願意承認這個念頭時，本來幾近麻痺的痛楚一下子蔓延開來。他覺得自己好不容易獲得的溫暖和快樂一下子消失、全砸碎了。

他在自己的小套房中待了十天，將所有的海洛因都用光了，每一天他都在痛苦達到頂點時沉沉睡去，又在痛苦炸開時驚醒。

他不再使用紗布纏頭，他見到各式各樣的景象，聽見了各式各樣的聲音，聞到了各式各樣的味道，他偶爾也會和他聽見的聲音對話，他用一種低沉沙啞的獸鳴聲呢喃著：「如果你在我的面前出現，我就會扯爛你的嘴。」

那些與莫維其對話的聲音便會這樣回答他：「很快你就有這個機會了。」莫維其還會說：「我會挖出別西卜的心臟，吃下肚子。」那聲音則用一種戲謔的口吻回答他：「別一人獨食，記得分我一口。」

在海洛因用盡的幾天之後，莫維其開始酗酒，他身上還留有加百列「借」給他的一些食宿費用，這些錢不足以購買毒品，於是他將這些錢全部花在那些最廉價但足夠讓他酩酊大醉的酒上。

他在醺醉的狀態中，竟遊蕩到舅舅的豪宅，敲打著鐵門，嚷嚷著要拿回屬於自己的錢——舅舅的遺產。

原本懷抱著希望的老管家，見到上一次信誓旦旦離去的莫維其，竟以這般模樣回來向他討遺產，憤怒到了極點。

老管家紅著眼睛，捲起袖子，一拳一拳地敲著莫維其的頭，搶下他手上的酒瓶，砸在地上摔了稀爛，吼叫著把莫維其趕出了豪宅大院。「你這是個人樣嗎？你是故意來氣我的嗎？」

莫維其並沒有對老管家動粗，他抱著頭逃竄，隱約聽見了豪宅中阿綠的問話：「爺爺！是誰啊？」

老管家喘著氣，回答：「是個不知好歹的賊——」

接著，便來到了這一夜，莫維其購買的酒已經全部喝完，他再也沒有東西能夠麻痺自己，身心的痛苦到達了頂點，他在暴雨下來到了這座公園，奔跑著、嘶吼著，他的吼叫聲與暴烈的雨聲融合成一種似乎只有在荒野或是密林中才聽得見的奇異聲音。

「出來——」莫維其緊捏著拳頭，高仰著頭，沒有閉眼，他並不畏懼讓激烈的雨水沖刷他的眼睛。

「第六個、第七個……出來！你們要躲到什麼時候？」莫維其四處奔跑，憤怒吼著：「出來，讓我撕爛你們的肉，喝光你們的血！」

「夥伴，你與之前大不相同了。」冰冷的聲音自莫維其的後方響起，儘管四周的暴雨聲如同戰馬奔騰，但這冰冷的話語仍然清晰地鑽入莫維其的耳中。

莫維其停下腳步，卻沒有回頭，他說：「你來做什麼？第六個預兆也由你負責嗎？」

「哦哦，當然不是。」莫斯提瑪像個紳士般笑著，他穿著黑紫色的燕尾禮服，身旁還佇了個高大的侍者，那侍者兩眼青白、蓄著剽悍的短鬚，替莫斯提瑪撐著一把鮮紅色的傘遮擋暴雨。

「我是來跟我的夥伴打聲招呼，看看你的樣子。」莫斯提瑪微微笑說。

莫維其緩緩轉過身，像一隻野獸看見獵物般看著莫斯提瑪，他說：「你不靠近一點，怎看得清楚？」

「不用，我的眼睛很好，你應該也知道。」莫斯提瑪輕鬆笑著，他手一揚，手指彈出幾記清脆聲響，接著在莫維其四周數尺方圓間的步道石板、草地泥土、花叢之間、樹根底下等處，都掀開突起，站出了一些低垂著頭、手腳鎖著鐐銬的傢伙，一共六個。他們額頭上的數字不是整數、就是連號，他們身上散發出的氣息是紛雜互異的，有的詭譎、有的暴烈、有的陰沉、有的迷幻，但唯一的共通點是，都很難纏。

「夥伴呀，我知道你心中積壓著強烈的憤怒，你需要發洩、你需要殺戮，所以，我特地在地獄的深處，挑選出一些資質不錯的來和你玩玩，他們應該會讓你滿意。」莫斯提瑪輕鬆說著，他那左眼眶中填著的寶石珠子，閃耀著迷濛的光。

莫維其哼了一聲，捏了捏拳頭說：「你呢？你不一起陪我玩嗎？」

莫斯提瑪嘿嘿兩聲，說：「我就不打擾你的興致了，夥伴，我想，到時候我們的交情肯定比其他更好，至少到現在為止，你從沒向我揮過拳頭。」

「是嗎！」莫維其聽他這麼說，哼了一聲，像支箭般衝了上去，但在他右手舉起時，莫斯提瑪就已消失了，只剩下那舉著紅傘的侍者與另外六個額上刻印著數字印記的地獄魔鬼。

他們團團圍住了莫維其；莫維其睨著眼睛，將他們掃視了一遍。

厲鬼之一是個近乎三公尺高的怪漢，他的長方臉有如一塊石碑，大小如同一台開飲機，兩隻眼睛卻比常人還要小，相隔甚遠地歪斜點在那張平整堅硬的臉上，他的口鼻如同堅硬的石塊，雙臂如同象腿、雙腿如同牛身，整個身軀便如同一座山。

厲鬼之二的頭向右歪斜，緊緊貼在右肩上，他的手一長一短、腳也一長一短，穿著破爛漆黑的衣褲，彎弓著身子，像是一隻被激怒的猿猴。

厲鬼之三是個雙眼插著一雙怪異刑具的女性，她的頸子有勒痕、雙手手肘以下是赤紅色的，手掌的部分沒有皮肉，只有嶙峋銳骨。她穿著一件陳舊的碎花裙裝，沾染著斑斑血跡。

厲鬼之四肩背上鎖著巨大的枷鎖，那枷鎖彷彿在他身上縛壓了千年，與他的身子幾乎黏合成一體，雙眼迷濛，看不出喜怒。

厲鬼之五是小丑模樣，但他的小丑服飾髒舊破爛，他正在哭泣著，是個哭泣的小丑；他緊握著兩把又利又長、滿布鐵鏽與血污的鋸子，與他的小丑樣貌格格不入。

厲鬼之六是個獨手老太婆，她唯一的手上握著一柄短斧，佝僂的背上揹著一個鮮紅的木偶娃娃，木偶娃娃眼睛一眨一眨地淌流著鮮血。

莫維其頭微微歪向一邊，深深吸著氣，這些地獄凶烈厲鬼的氣息飄入了莫維其的鼻端，刺激著他的鼻腔，他的左眼開始瀰漫出血紅。

那個持著紅傘的高大侍者最先有了動作，他拋下傘、挽起西裝袖子，露出一截與彼列相若的粗壯手臂；他的額頭上也刻印著數字，原本青白無害的眼中暴射出凶光，並張開帶著利齒的嘴巴，怒吼著奔騰衝去。

下一刻，這威猛侍者的下巴便脫離了臉飛射出去，體驗了五個預兆、擁有五個惡魔器官的莫維其的右拳太強勁了，但那侍者的拳頭也結實地打在莫維其臉上。莫維其摀著臉彎下腰，一下子竟覺得地面向他飛撲上來。

他還沒來得及倒地，那個如同憤怒猿猴的歪腦袋已經抱上了他左腿，張開口就咬。腿上的刺痛使得莫維其剎時清醒，他的拳頭往下打去，將「歪腦袋」歪向右邊的腦袋打成了歪向左邊，「歪腦袋」顯然很不習慣千百年的姿勢一下子倒轉過來，驚慌憤怒、七孔淌血地調整自己的腦袋，莫維其一把將他抓起，砸在揮舞著鋸子衝殺而來的哭泣小丑身上。莫維其緊跟在後，一記狂暴的右拳穿過了歪腦袋的胸膛，跟著擊碎哭泣小丑的頭。

莫維其身子弓得極低，雙手幾乎觸地，這已經不是拳擊手的姿勢，而是一隻捕獵凶獸的姿勢。在醫院中暴殺一夜的感覺又回來了，他心中激盪著憤怒和更多興奮，他竟然有一點點感謝莫斯提瑪帶來這些朋友陪他「玩」。

那侍者摀著嘴部，再度揮拳攻來。莫維其這次沒讓侍者重拳擊中，便打穿了侍者的身體，同時猛叫一聲反身迴掃一拳，將那個潛行到他背後的「枷鎖鬼」伸向他的手給打沒了。枷鎖鬼嗥叫著，向莫維其猛撲而去，莫維其扯住了他臉上的肉，繞到他的側邊，一手抵著他的後頸，右手抓住他肩背上那副囚他千年的枷鎖拉扯，啪啦啪啦的聲響隨著枷鎖鬼的慘叫聲同時響起，那與枷鎖鬼皮肉骨連成一塊的枷鎖讓莫維其硬生生地扯開，然後幾記打向他後腦的重拳，便將枷鎖鬼打回了地獄。

三公尺高、如山一般的惡鬼碰碰碰地逼來，巨大的拳頭下勾揮來。莫維其輕易地閃過，且一蹦躍到了「三公尺」臉前，將惡魔的拳頭打入「三公尺」的左眼中，這一拳太重了，將「三公尺」的臉整個打裂，向左右崩開。

莫維其落地時，右腰上一陣劇痛，是那個持著短斧的獨手老婦在他的右腰上劈了一斧。那老婦凶狠暴烈，一斧接著一斧，追砍著莫維其。莫維其也不甘示弱地吼叫著，他挺起肩頭硬生生地捱了老婦一斧，任由短斧卡在他肩上。此時的他已經是個七分之五的惡魔，一點也不在意這點小傷，他的左眼中閃映著地獄的煉火，他突地伸手，將老婦後背上那血紅木偶娃娃給奪了過來。

木偶娃娃發出了淒厲的哭聲，老婦驚懼地尖聲怪叫，跪了下來。莫維其的眼中燃著火，木偶娃娃的腦袋在莫維其的手上痛去、碎裂、流淌下一股股醬紅稀爛的東西。在那一瞬間，莫維其見到了老婦臉上那股巨大的絕望和悲傷，他覺得這樣的神情既熟悉又陌生，自己似乎也有過類似的心情，但他自然沒機會見到自己當時的神情，這使他更加地感到憤怒與焦躁，他的拳頭在老婦還沒來得及起身報復之前，就已經轟碎了她的腦袋。

莫維其將目光轉至那個距離他數公尺的慘刑女人身上，慘刑女人在這短暫而極其激烈的殺戮之中還沒來得及出手，就從七對一的態勢，變成了一對一的局面，她似乎失去了一個地獄厲鬼該有的猙獰面貌，她似乎感到自己面對著眼前這個「人」，竟像是面對著莫斯提瑪、別西卜等魔王一般，她終於察覺自己的對手不是個凡人，而是地獄魔王。

慘刑女人轉身逃亡，暴雨轟然落下。

莫維其喘著氣，竟微微笑了，他開始追。他的速度比以往快上太多，他揪住了慘刑女人只剩血骨的手，捏碎然後鬆手。

慘刑女人只能逃。莫維其又追上，用同樣的方法捏碎了她的另外一隻手，然後鬆開。莫維其臉上的神情是興奮的，他咧開嘴，發出了惡魔的笑聲。然後他再次地追上了慘刑女人，扯下了她臉上插於雙眼處的一個古怪刑具。

慘刑女人發出了嚇人的哭嚎聲，但她還是只能逃。莫維其舔了舔那刑具上的血，扔了，然後又追了上去。他再次抓住了慘刑女人的臂膀，歪著頭，那模樣竟像是在思考這次該如何使她發出更巨大的慘叫聲。

莫維其似乎決定了，將手伸出。

有一陣白光突然閃現，一隻修長的手按住了莫維其的手，純白的光芒將莫維其手上卑劣污穢的血污映得格外醒目顯眼。

「已經夠了。」這聲音雖不響亮且很柔和，卻十分清晰。

一個身穿白服、背上張揚著三對亮白羽翼的男人，攔身在莫維其與慘刑女人之間。

「你是誰？」莫維其憤怒地吼叫著，甩脫了這個六翼天使的手。

「拉菲爾。」天使簡潔地回答。他是與加百列齊名、天上最具權勢的四天使之一。「你墮落的程度，比我們想像中來得嚴重。」拉菲爾打量著莫維其的神態，嘆息說著。

「廢話……」莫維其喉間發出了憤怒的咕噥聲，他神智雖然清醒了一些，但是憤怒卻沒有消褪，他說：「你們冷血地看著我孤獨地面對惡魔，毫無抵抗地承受著他們對我做的一切，奪走了我的全部，於是我變成了他們，現在，他們已無法隨意折磨我了，你看，我是如此強大，我的手甚至能將你也捏碎，甚至能將神也捏碎。哈哈！哈哈！」

「我沒有意見。」拉菲爾沉靜地說。他看了看身後那跪伏在地上的慘刑女人，伸出手，撫摸著慘刑女人的頭髮。慘刑女人身上的血污漸漸淡去，青慘的臉漸漸變得光白，眼上另一只刑具化成了光點，兩只血洞般的眼睛合上、不再淌流鮮血了。

「妳受的苦已經太多，即便有罪，也已還清，去一個新的地方，拭去妳流了千百年的血淚，試著微笑看看吧。」拉菲爾的聲音清澈，似乎能穿透一切。他的手向上一揚，那慘刑女人的身子隨即飄盪，綻放出溫和的光芒，旋即飛散化作幾絲微光，飛上了天。

暴雨漸漸止息，黑雲向四周化去，露出幾枚閃耀星點，像是迎接著那飛上天的微光。

「笑死人了——」莫維其的額上暴出青筋，他微微地彎伏下身，頸子上的筋脈血管繃得緊縮彈動；他的拳頭握緊，憤怒地吼：「當別西卜那樣對待小夏的時候，這些可笑的廢話在哪裡？你們天使在哪裡？神，祂在哪裡？回答我——祂在哪裡？」

「祂，一直與你同在。」拉菲爾回答著，抬起手，接下莫維其猛然揮來的一拳。

「放屁！」莫維其怪叫著，連擊出拳。拉菲爾沒有後退，只是抬起兩隻手，一一接擋著莫維其的拳頭。莫維其一拳自下勾進拉菲爾的小腹懷中，拉菲爾彎下了腰，沒有發出任何聲音，然後緩緩地再度挺直身子。

「你給我還手，連你也打不過我嗎？」莫維其更加地憤怒，緊接著一拳穿過了拉菲爾的防禦，打在拉菲爾的臉頰之上，將他的身子打得向後仰去。拉菲爾向後退了兩步，拭去嘴角的血跡。

莫維其像一頭暴怒的餓獅，撲了上來，左右揮拳更加地激烈，一拳一拳如暴雨般轟擊在拉菲爾的肩臂、頭臉、頸子、胸腹、腰脅之處。

拉菲爾的身上泛起淡淡的瑩白光芒，雙眼直視著莫維其的眼睛，雙手仍然試圖在狂風暴雨般的攻勢中擋幾下拳頭，卻不進行任何形式的還擊。

這樣的情形維持了很長一段時間，莫維其已數不清自己究竟揮出了多少拳，擊中了多少拳，當他再度將拉菲爾打得搖搖欲墜，看著拉菲爾吃力地試圖穩住身子時，終於感到有些厭倦。莫維其手撐著膝蓋，大口大口地喘氣，冷冷地對著拉菲爾說：「你就算不還手，至少也換個表情……」

拉菲爾也微微撫摸著臉頰，淡淡地說：「我想我的臉，和剛來的時候，應當已經有些不同了。」他的臉不知中了莫維其多少記重拳，「形狀」自然也有了些「改變」，但是他的眼神仍然沒變，這讓莫維其感到自己像是在毆打一具人形木偶。

「那麼，你現在的氣消了嗎？」拉菲爾說。

「當然沒有，除非我殺了你。」莫維其冷笑著說。

「你現在的力量還不足以殺死我，但你可以繼續攻擊。」拉菲爾攤攤手說，又抬起了他那雙彎折扭曲的手，準備守禦。

「哼……」莫維其並沒有再攻擊拉菲爾，他轉身，攀上一處裝飾大石上，抱著腿坐著仰望黑雲散去的天空，他感到拉菲爾一直站在他後方，發著微微的光芒。他不想理睬他，只是自顧自地看著天空，心中的怒氣似乎減少了許多，反而多了一些茫然。

拉菲爾同樣也沒有開口，他們就這樣相隔著幾公尺，一個坐在石上，一個站在步道邊緣，靜靜地對峙著。

時間不停地流逝，直到莫維其終於想要轉身罵他幾句而轉頭時，才發現拉菲爾已經不在了；他背後的光芒是日出的光芒，天終於亮了。

莫維其有種從夢中清醒的感覺，他身上的傷已經痊癒，他心中的憤怒與不平減少許多，他在公園中四處晃著，與一個個習慣在清晨時分前來散步運動的行人擦肩而過。他走出了公園，在街道上漫無目的地走。

兩個小時後，他在一處冷飲攤子旁被人拍了一下肩頭，於是他自然而然地回過頭去。

「阿鐵哥！」

「鐵哥，這段時間你上哪兒去了？」兩個手臂上刺著怪異圖紋的青年又驚又喜地向莫維其打著招呼。

「鐵拳小莫」，這是莫維其最初在幫派中獲得的外號，叫喚久了之後，幫中夥伴們就叫他「阿鐵」或是「鐵哥」。

「是你們啊。」莫維其看著那兩個年紀和他相仿的青年，是他的幫中弟兄，一個叫作小志，一個叫作阿文。莫維其不知該如何解釋自己這段時間的遭遇，他只好清清喉嚨，以沙啞的聲音說：「生了場大病，還沒全好……況且黑熊那邊的人一直在找我，我被追殺，怎麼敢出來？」

「阿鐵哥，不只是你……」小志和阿文互看了一眼，將莫維其帶到偏僻的窄巷中，小志苦著臉說：「我們小看了黑熊那個矮子，他背後還有其他靠山……那一晚，就是阿鐵哥你打斷他腿的那晚，我們都以為打贏了對吧，以為從此之後黑熊的地盤全部都要變成我們的了，誰知道沒隔幾天，黑熊那邊召集了更多的人開始報仇，說要把耀哥和阿鐵哥你們的雙腳雙手都斬掉，他們一看到我們的人就打，好多弟兄不是給打傷，就是跑路了，現在耀哥身邊只剩下我們兩個。」

阿文接著說：「阿鐵哥，你失蹤那麼久，我們還以為你被他們私下做了……」

「……」莫維其一時無語，他問：「現在耀哥怎麼打算？」

「耀哥是有想法，可是……」小志看了看阿文，似乎不知該不該說，阿文說：「阿鐵哥又不是外人，有什麼不可以對他說的？耀哥他要……」

「等等！」小志阻止了阿文的話，他正色地看著莫維其說：「鐵哥，現在我們一群兄弟都散了，你還願意和我們一起嗎？如果你願意的話，我才能把耀哥的計畫告訴你，成功了，大家有難同當、有福同享，但如果你有自己的計畫，我們就在這裡說再見，大家各奔東西。」

莫維其低頭半晌，然後開口：「……帶我去見耀哥，看看有什麼需要我幫忙的地方。」

「好！」

「阿鐵果然夠義氣！」小志和阿文欣喜地帶著莫維其買了一些酒菜，坐上計程車，來到他們幫派原先勢力範圍邊緣的一處老舊社區。繞了許久，他們最後來到一棟荒涼的破舊公寓樓下，三人魚貫上樓。莫維其不知道自己為何在這當下，又和以往的幫派朋友講起義氣這玩意兒，他本來已經打算要脫離幫派了。

或許是這些日子以來，他體驗過了一段「不像人」的生活，在經歷了昨夜那激烈殘暴的上半夜，與寧靜茫然的下半夜，在天空重新發亮時，使他覺得又有點想要做一個「人」了，儘管不是好人，也總比當一頭凶殘野獸，或是一個地獄魔王要來得好。

小志開門，他們進入了一間施工到一半的住宅裡，裡頭隔成數間。這層樓原本計劃要改建作為供附近學校學生租用的套房，但不知為何沒有完工，現在成了他們暫時窩藏的地點。

「耀哥，手機弄到手了。」小志提起手中的袋子，裡頭裝著數支手機。

阿文叫著：「還有一個驚喜！」

耀哥在客廳中，正摩娑把玩著一把手槍，他見到莫維其先是驚訝地起身，然後和莫維其互相擁抱、拍背。

「阿鐵，真沒想到這個時候你會回來幫我。」耀哥激動地說。

莫維其只是笑了笑。

他們四個開始吃飲起酒菜，詛咒黑熊、詛咒那些逃跑的弟兄朋友。

「耀哥，你現在有什麼打算？」莫維其提出了心中的疑問。

「阿鐵，你真的願意幫我？」耀哥問。

「黑熊現在這樣搞，我也要負一點責任，畢竟打斷他腿的人是我。」莫維其苦笑著。

「是我叫你打的……」耀哥也苦笑，他拍拍莫維其，然後說：「也算不上什麼計畫，很可笑，不過已經幹了一半，應該是行得通……」

阿文搶著說：「簡單來說，就是幹一票，然後跑路。」

「幹一票？幹誰？」莫維其不解地問。

耀哥拍拍莫維其的肩，示意他起身，帶著他走往最後一間隔間，推開了簡陋的木門。

莫維其瞪大了眼，那房間中沒有窗子，只有一張椅子，椅子上綑縛著一個小女孩——阿綠，老管家的孫女，那個盲眼的小女孩。

在那一瞬間，莫維其全身的寒毛都豎立起來了，他以為這又是惡魔精心布置、且要他共襄盛舉的一場殺虐儀式，但當他聽見耀哥一面灌酒，一面向他述說「這小妹妹眼睛看不見，連遮眼都免了」、「她家裡超有錢，只有一個老頭子跟她相依為命」、「幹下這一票我們就輕鬆了」、「老頭子已經答應付出贖款」等話時，莫維其才知道這是耀哥為了籌跑路錢，幹下了擄人勒贖這件事。

莫維其看著那被綁在木椅上，安安靜靜低垂著頭，一句話也不吭的阿綠。他從來不曾向幫派朋友述說往事，大夥兒自然也不知道他們此時綁架的對象，竟然就是莫維其家老管家的孫女。

耀哥拍拍他的肩，帶他來到窗邊，指著樓下對街那舊衣回收筒說：「那老頭子這兩天應該就會把錢湊齊，到時候小志和阿文會輪流用手機要他不停繞路，最後引他來這裡，要他把錢丟進桶子裡，然後我們就去取錢。」

「既然小妹妹在這裡，那麼是不是應該在別的地方收錢？」莫維其儘管沒幹過綁票這種壞事，卻也看過電影，覺得有些奇怪，但隨即就知道自己的想法過於天真，他從老大——耀哥暈醉朦朧卻隱隱透著幹練的眼神，和他不離身的手槍上感覺出，耀哥並不信任讓小志和阿文去取款，也不放心由他們看管阿綠，任何一種手段都不能保證小志和阿文其中一個不會臨時改變心意私吞贖金，或將阿綠擄去他處獨自勒索，此時他們是亡命之徒、是壞人，從這一類人口中說出的「義氣」，是要打折扣的。

莫維其想起了醫院血戰那晚，別西卜對他說的話——惡魔的承諾，你竟然當眞？

「阿鐵，坦白說，現在有了你，我就放心了。」耀哥拍拍莫維其的肩膀，仰頭將酒喝盡，他說：「這幾天，你就幫忙看著這小妹妹吧。」

「沒問題。」莫維其點點頭。

「妳不吃東西嗎？妳不會肚子餓嗎？」莫維其將那個拆封的麵包湊到阿綠嘴邊，見她不吃，便這樣問。

阿綠搖搖頭說：「阿鐵，我要上廁所，帶我去上廁所——」

「妳的眼睛看不見，還知道我叫阿鐵？」莫維其隨口說著，一面解開了纏著阿綠雙臂的繩子，帶著她來到廁所，讓阿綠進去，然後關上門，在外頭等待。

「這裡又不是我家！我不知道馬桶在什麼地方！」阿綠在裡頭叫著。

「……」莫維其推門進去，將阿綠擺放在正確的馬桶位置上，然後對她說：「妳現在知道馬桶在哪邊了吧，我到外面等妳。」

「嗯？」

「阿鐵，我可以和你商量一件事嗎？」阿綠突然將聲音壓低。

「你人比較好，你可以放了我嗎？」阿綠低聲說，她補充：「我會叫爺爺給你一些錢，不給其他人，他們對我都很兇，有一個叫作小志的人，每次帶我上廁所，都會假裝出去，其實沒有。很奇怪，對吧？阿鐵你比較好，不會騙我。」

「……」莫維其說：「對不起，我不能放妳耶。」

「哼……」阿綠嘟起嘴巴，生起悶氣，說：「那你給我出去，我要上廁所。」

莫維其攤了攤手，離開廁所，數分鐘之後，再將阿綠帶回房間。耀哥正在客廳看球賽，小志和阿文正研究王八機的使用方法，他則還需要餵阿綠吃完手中的麵包。

「快吃吧，餓死了妳爺爺大概會很傷心。」莫維其冷冷地說，他此時的聲音和以前截然不同，一點也不擔心阿綠會認出他的聲音。

「哼，你們這些壞人，只敢欺負我這個小孩子，要是我哥哥在，他一定把你們都打死。」阿綠氣呼呼地說。

「妳哪有哥哥？」莫維其不解地問。不過這時他突然意識到以他「阿鐵」的身分，不應該知道阿綠太多事情，便改口說：「我們觀察很久啦，妳一直和妳爺爺兩個人，再加一個幫傭，妳哪有什麼哥哥？」

「我有哥哥，他長得很高，又強壯，他是個拳擊手，一拳就能把人打飛，他不會放過你們的。」阿綠煞有其事地說，然後咬下一口麵包。

莫維其低頭不語，突然有一股強烈的愧疚激撞著他的心，眼眶微微發酸，好半晌才說：「我會把他的手打斷。」

「屁啦——他才會把你的手打斷，誰要你餵啊！」阿綠大聲說著，將莫維其手上的麵包搶下。自從莫維其負責看管她之後，她便不再被綁在椅子上，而是放任她在空房間中自由活動。

莫維其出了房間，將門反鎖，來到客廳，耀哥隨口問：「你們吵架啊？」

「她說她有個哥哥，能一拳把人打飛，還要把我的手打斷。」莫維其哼了哼。

「真的喔——我好害怕喔！」阿文嘻皮笑臉地說。

耀哥看著莫維其，問：「你眼睛怎麼那麼紅？你哭啊？」

莫維其搖搖頭，捏捏鼻子說：「最近沒錢買那個……有點不舒服。」

「嘿嘿，很快就讓你爽了。」耀哥點點頭，繼續將視線放在電視機裡的球賽上。耀哥的態度讓莫維其感到有些厭惡，這兩天他察覺到槍不離身的耀哥對他同樣防範頗重，他猜想方才在廁所以及房間和阿綠的對話，耀哥必然試圖想要聽個清楚。

他想起耀哥自己是不吸毒的，但是在手頭寬鬆時，總會提供一些免費的「粉」讓兄弟們享用，在那時，他們都將耀哥當成全世界最慷慨的人，現在想來，這是多麼地醜陋、多麼地可惡。

但他不知道為什麼，並沒有意圖要反抗耀哥，即便他一點也不畏懼耀哥腰間插著的那兩把手槍，即便只要他想，就能夠瞬間讓耀哥的頭和頸子分開，但他還是用以往的態度來面對耀哥，這讓他有一種「我是混混阿鐵」而不是「惡魔莫維其」的感覺。他更加害怕後者，而這也使他對下一次預兆的來臨，感到緊張和惶恐。

一旁的小志掛上電話，說：「老頭籌好錢了，我要他把手機充好電，明天早點起床等我們電話。」

「幹！太好了，明天就到手了！」阿文興奮地跳了起來，說：「耀哥，反正我們的錢也剩不多了，今天吃好一點吧，這兩天都沒喝酒，嘴有點饞。」

這個提議立刻獲得小志的附和，莫維其也嘴饞得難受，那一晚他在公園中痛毆了拉菲爾一頓之後，毒癮似乎獲得了某種程度上的抒解，算算時間也到了該發作的時候，但他只是覺得鼻子有些搔癢感，若能痛快喝幾杯，應該也足夠讓他覺得暢快舒爽了。

「去買吧，別忘了留點錢，明天還要吃東西。」耀哥揮了揮手，繼續專注地看球賽。

阿文拿了他們公用的錢包，出門，臨走之前他說：「哈哈，明天餓個兩餐有什麼關係，拿到錢，有多遠走多遠，然後，能吃多少吃多少，喝到死、吸到死，都行！」阿文興奮得無以復加。他們對老管家提出的贖金金額十分龐大。

「我好渴！阿鐵，你只給我麵包，不給我水，我快渴死了。」阿綠在房中大叫。

「操，死小鬼吵什麼吵！」小志罵著，伸手阻止了將要起身的莫維其說：「鐵哥，讓我去。」小志邊說，一邊粗魯地在開飲機前倒了一杯水，氣呼呼地拿去，一面叫罵著：「讓妳喝個夠，晚上門鎖起來不讓妳上廁所！」

在那麼一瞬間，莫維其的眼角餘光看見小志手中的水杯浮出一串氣泡，那是一種快速安眠藥溶於水中所造成的現象，這讓他想起了阿綠曾向他提及，偶爾由小志帶她上廁所時，小志會佯裝離開，其實仍在廁所中這件事。

莫維其靜靜坐著，他已經分不清自己是好人還是壞人了，他已經看不清自己活下去的目標了，但當他聽見房中傳出阿綠的說話聲「這水有怪味！」的時候，他終於還是站起身來，朝房間走去。

「阿鐵，別去打擾他。最後一天了，他大概也忍了很久，你知道，他有點怪癖。」耀哥沉聲說著，目不轉睛地看著電視機轉播中的球賽。

「是嗎？」莫維其隨口應答，仍跟著走去。

他雖然分不清自己是好人還是壞人，但他還分得清楚人跟惡魔的差別，他非常不希望自己變成惡魔，同樣，他也不能夠容忍身邊存在著惡魔。

「鐵……鐵哥！」小志將喝下安眠藥的阿綠平攤在地上，正準備解開自己的褲子時，莫維其推開了門，小志嚇得向後一彈，滿臉漲紅，嘻嘻哈哈地解釋：「哈哈，反正明天就要放走了，何必浪費……呵呵，耀哥沒有說不行啊……嘿嘿……鐵哥，你在這裡……我幹不下去……你先……去看電視……」

「……」莫維其走到小志身旁，輕聲地說：「嗯？我沒聽清楚你說什麼？你再說一次。」

小志霎時感到全身的寒毛豎立了起來，他不知道為什麼，但還是趕緊將脫到一半的褲子穿上，笑著搖頭，說：「沒有啦，看她太吵，讓她睡覺，呵呵……嘿嘿……」

小志訕訕離去，莫維其將阿綠抱至角落邊，拿了張薄毯子替她蓋上，撥了撥她額上的髮，他隱約聽見小志返回客廳後向耀哥抱怨一些諸如「阿鐵想要先來」之類的話，他只能搖搖頭，起身準備離去。他想或許到了該解決這件事的時候了，找個時機帶阿綠離開，但這樣一來，必然要與耀哥等發生衝突，他並不畏懼和他們衝突，卻又不想和他世上僅有的夥伴反目。

在莫維其走出房準備帶上門的同時，一隻手從後面伸出，摀住了他的口，他感到背後突現而出一股無與倫比的黑暗氣息，籠罩住他的全身，一切都那麼地快速，在他讓那手揪回房中，被釘在牆上的同時，他的左手已經燒灼出燙紅的字跡——

預兆六：

飲血

替你換上惡魔之口

他要你啃噬人肉　品嚐鮮血

門悄悄地掩上，房中是無盡的黑暗，在黑暗之中，依稀可見滿布於四周牆面那泛著紅光的血字和各種奇異的魔法圖形。

莫維其讓一個高大男人掐著嘴巴按在牆上，男人面無表情地看著他，使他感到一陣強烈的恐懼；他記得這雙眼睛，他在兒時曾經見過的——是那個在百貨公司外，一路追逐他的男人，是那個在他手上寫下了七個邪惡預兆的男人。

那個曾經歷過最燦爛的光明和最醜陋的黑暗，那個曾擁有六對十二只最純白華美的羽翼，那個曾經最接近神的……

「路西法。」男人將頭湊近莫維其的耳邊，細聲說：「這是我現在的名字。」

莫維其不可自抑地顫抖著，他完全使不出一丁點兒力氣，他感到下顎骨漸漸地裂了，路西法的手指緩緩刺入他的雙頰，他說不出話，激烈的痛楚在他的臉上炸開。

客廳中，就在小志尷尬地在耀哥身旁的椅子坐下，想要埋怨幾句時，他們都聽見了一串帶有特殊規律的敲門聲，是阿文回來了，這個敲門節奏是他們約定的暗號。

「這麼慢，你是死去哪裡買啦？」小志起身去開門，大聲埋怨，他拉開半邊門，只見到阿文臉色蒼白，提著兩個袋子不知所措地望著他。

「你怎麼……」小志只問了三個字，就見到阿文身旁竄出幾個黑衣男人。

「啊……」小志很快地認出這些黑衣人是黑熊的人，但他只喊了半聲，見到幾柄槍已經對準了他的額頭，便住了口，顫抖地向後挪移腳步。

黑熊的人擁入了屋內，才剛發覺門外不對勁的耀哥像是撞見惡犬的貓般地從椅子上彈起，他倉皇地抽拔出腰間的槍，但是搶入屋內的十幾個黑衣人早已將十數把槍瞄準著他。

「把人帶進來，把門關上。」黑熊坐著輪椅，讓幾個男人抬進了客廳。

黑熊雙腿已殘，但神情仍不改剽悍。幾個黑衣男人照著黑熊的指示，將小志、阿文押入客廳，又將鐵門、木門，以及客廳、陽台間的玻璃門也關上了。

「熊……熊爺，這……這個……」耀哥漲紅著臉，像是想解釋些什麼，跟他高舉雙手跪了下去。

兩個黑熊手下漠然走來，將耀哥手中和腰間的另一柄槍奪去，還以槍托順手在耀哥腦袋上敲了一下。

「嗚哇——」耀哥摀著頭，歪曲著臉哀求起來：「熊……熊爺，這……這不關我的事，我那晚只是派幾個小的去調解和熊爺您之間的誤會，誰知道那小子沒人性，出手這麼重，害得熊爺您……我費了好大一番工夫，好不容易才把那個王八羔子揪出來，正要押去給熊爺您處置啊……」

「是嗎？那個狠小子也在這裡？」黑熊眼睛閃了閃。

「對、對，我們這幾天都看著那混蛋，嗯……順便、順便幹另一筆生意，想說弄筆錢當作是給黑熊您的賠償……」小志後背上被抵著數把槍，他便接著耀哥的話滔滔地說。

「哼哼——」黑熊怎麼會相信他們的話，在他被莫維其打斷雙腿的數天之內，現在跪在他眼前的敵人，接連數天帶著小弟在他的地盤耀武揚威，誇口宣稱這個城市已經歸其所有了。

黑熊仍然向手下使了個眼色，說：「看看房間裡還有沒有人，有的話一起拉出來，所有的恩恩怨怨都在今天一次解決。」

黑熊這麼說的時候，莫維其已經緩緩步出房間，他摀著嘴巴，茫然地倚在牆邊。

兩個黑衣人上前將莫維其拉入客廳，在他身上搜了搜，又上其他房間搜了搜，數分鐘之後，出來回報：「熊哥，裡頭還有個小孩躺在地上睡覺。」

黑熊看著腳前的耀哥，問：「是你的小孩？」

「不，那小鬼家裡有錢……我們綁架她，想弄點錢好賠給熊爺您……」耀哥解釋著。

「弄點錢賠我？你是想弄點錢跑路吧！」黑熊一巴掌打在耀哥臉上，耀哥趴了下去，抱著頭嚷嚷：「不是、不是，我不敢……我哪裡跑得掉啊……」

莫維其呆愣愣地看著地上那個像毛蟲蠕動的耀哥，和他以往印象中那個冷靜幹練的耀哥截然不同；他很快想通了，以往的耀哥之所以能從容冷靜，是因為耀哥總是「站在後面」，在前面打打殺殺的都是小弟，包括莫維其自己。在這生死關頭，當耀哥終於站在敵人面前的時候，他也變成了一個膽小畏縮的傢伙。

「這樣好了……」黑熊指著莫維其，對耀哥說：「既然是你的小弟，就讓你來處置，不過我不一定滿意喔。」

耀哥喘著氣，掙扎著站了起來；他看了莫維其一眼，兩個押著莫維其的黑衣人立時退開，站到牆邊，朝耀哥擺個「交給你了」的手勢。

「……」耀哥的神情五味雜陳，他看著莫維其眼裡流露出對他的輕蔑，這讓他感到無比的羞惱與憤怒，他朝莫維其猛揮一拳，吼叫：「你……該死！」

莫維其閃也不閃地讓耀哥一拳打在臉上，他只是撇了撇頭，靜靜看著耀哥。耀哥一拳一拳地打在他身上各處，當他發現莫維其竟然比自己想像中還要強壯時，急迫地叫著：「阿文、小志，來幫忙，打死這個叛徒！」

黑熊冷笑了一聲，點點頭，幾個黑衣人便放開了阿文和小志。兩人有些猶豫，但還是照著耀哥的吩咐，一左一右地圍著莫維其，對莫維其揮出拳頭。

「阿鐵哥……別怪我……」阿文出了三拳，突然流下了眼淚，呢喃說著。

「嘿嘿……」莫維其彎腰嘿嘿地笑了笑，說：「出拳這麼小力，你要和小志學學……他打得多大力，可見平時對我多不滿……」

「你還嘴硬！」小志打紅了眼，揪著莫維其的頭髮，將他的腦袋拉了起來，狠狠一拳打在莫維其嘴上。

「呀——」小志向後退了幾步，他右手的幾根指骨斷了，皮肉還有幾道血痕。

莫維其微微張著嘴，苦笑說：「我沒還手啊……」

包括耀哥、阿文以及黑熊一方人馬，這才從莫維其微仰著頭、張開的口中看見，他的口中如同恐怖電影中的吸血鬼一般，有著四根銳長的犬齒。

莫維其拭了拭口唇的血——少部分是他嘴唇的破口，大部分是小志手上的血。他的舌頭沾染到了一絲絲血，有如瓊漿玉液一般，他的鼻子同時也嗅到了這股芳香，他忍不住乾嚥了幾下，胸口起伏著。

「幹！這傢伙是怎麼回事？」一直威風神氣的黑熊似乎有些慌了，他見到莫維其眼睛中閃耀著的異光，招了招手，大聲吩咐著手下：「一起上，先解決這傢伙！」

十幾個黑衣人擁了上去，有的將槍上膛，有的揮起拳頭凶狠地打在莫維其身上，吼叫罵著：「我就不信你這小子能一個打十幾個！」說這句話的人，在下一秒，手和身體就分開了，伴隨著飛濺血珠的手臂飛彈到牆上落下，像是激烈抽象畫落下的第一筆。

「嗶——」這些本來凶如猛虎的惡人，這些社會上最頑劣、剽悍的傢伙們，頓時變成了驚慌失措的老鼠。

莫維其彎伏著身子，緩緩仰起頭；他的右眼和左眼差不多紅，左手的力氣快要和右手相差無幾，他的左耳也聽見了右耳聽見的魔鬼之歌，他喉間滾動著嘶啞的奇異聲音，口中的四根銳齒更加突出，舌頭是接近黑墨的紫色。

「哇，開槍打他！」「他是不是人啊！」黑熊的手下一陣慌亂，有人開槍打在莫維其的手臂、胸腹之上。

中彈的刺痛感讓莫維其更加亢奮，他發出有如厲鬼般的吼叫聲，扒去了兩個人的腦袋，客廳在數秒之內就染成了紅色，手腳四處飛撒；阿文在逃跑時被流彈擊中胸口；小志的腹部被莫維其扒出個大洞；耀哥趁亂要挾持黑熊，被驚懼失措的黑熊一槍打爆了頭；跟著，黑熊整個人和輪椅被莫維其的幾記重擊，打得擠壓成一塊分不開的血東西。

慘暴的虐殺很快就停止了，血紅色的客廳中只有莫維其站著，也只有莫維其是以「人」的模樣存在著。他似乎還不滿足，彎下身抓撿著那些殘肢斷體要往嘴巴送，他身上已經具備了六個惡魔的器官，是個七分之六的惡魔了。

「你讓我看到美麗的一面。」路西法倚在客廳牆邊，露出神祕的笑意。

「你——」莫維其衝向路西法，似乎要將滿腔的怒氣發洩在路西法的身上。他向路西法揮出了猛烈的一拳，路西法側身避過，這一拳打垮了半面牆。

路西法閃到莫維其背後，雙手抓住了他的兩臂，說：「現在，就連我都不敢硬接你的拳頭，很費力氣。你想吃地下那些髒東西？他們不好吃，身為惡魔，你的品味得更高些。」路西法一邊說，身上發出閃耀的魔法符文。

莫維其感到天旋地轉，在他看見煉火燃燒的景象的同時，也漸漸失去了知覺。

他似乎進入了夢中。他身穿華美的服飾，坐在一張大椅子上，在他面前是一張大桌，上頭擺著上百盤、上百碗的盛宴菜餚——都是以人為材料做成的菜餚，各式拼盤、羹湯、切片，都輕易地看得出來是人身上的某些部分。

莫維其感到巨大的誘惑，他覺得口乾舌燥，強烈的飢餓感燒灼著他的胃和食道，但他動彈不得，無法取食桌上的美食。

一旁有個婀娜多姿的女侍，替他的水晶杯中倒入了鮮紅色的汁液——他知道那是鮮血，他迫不及待想一飲而盡，但他無法動彈，只能焦躁地扭動身子。

亞巴頓入座了、阿撒斯勒入座了，莫斯提瑪、彼列、別西卜也紛紛入座，他們和樂融融地吃食起長桌上的人體盛宴，其中亞巴頓的豪邁食勁讓莫維其更加垂涎欲滴。

兩個女侍端著一只大盤來到莫維其面前擺妥。盤上躺著一副完好無缺的光嫩身軀，是一個沉沉睡著的小女孩。

莫維其仍然無法動彈，他的雙眼發出了紅光，飢餓到了極點。

然後他醒來了。

他在囚禁阿綠的房間裡，他的面前就是蓋著薄毯、睡著的阿綠。

莫維其怔了怔，猛然伸手揭開了阿綠身上的薄毯。儘管阿綠身上仍然穿著衣服，但莫維其幾乎能夠嗅聞到阿綠衣服下、皮膚下的血肉氣味。夢境中的盛宴景象一下子衝灌入他的腦袋，充滿了他的腦海，他的腹中像是有著炭火在燒烤，他餓到了極點。

「唔……」阿綠似乎被莫維其喉中發出的咕嚕聲給吵醒了，她坐起，打了個大大的哈欠，說：「阿鐵……是你嗎？天亮了嗎？我爺爺要來帶我走了嗎？」

莫維其驚慌失措地撐著身子後退，退到牆邊抱著頭發抖，好半晌才起身，連聲催促阿綠去上廁所。

莫維其掩上廁所門，來到客廳中，客廳裡沒有一絲血跡，也沒有耀哥、阿文、小志的蹤跡，莫維其有些訝異，收拾善後不像是惡魔會做的事，但他隱隱知道惡魔的用意。他拍了拍肚子，發出一連串的咕嚕聲，惡魔帶走了那些骯污不堪的「食物」，替他準備了更加美味鮮嫩的食物——

「阿鐵！你做什麼，快來帶我出去！」阿綠的聲音從廁所中傳出。

莫維其吸了口氣，試圖將自己的飢餓壓下。他緩緩地走，逐間檢視每個房間，有些房間有窗，能夠看見外頭的陽光，他這才意識到原來天已經亮了。

他將阿綠接了出來，阿綠抱怨著說：「我肚子好餓，口好渴，我想吃早餐。」

「沒有早餐……」莫維其呆坐著，然後起身，呼了口氣說：「走吧，我送妳回家。」

「阿鐵……」阿綠雖然看不見，但她還是向著莫維其出聲的的方向「望」了過去，露出一個燦爛的笑容。

莫維其牽著阿綠，坐上耀哥的車，鑰匙是他從房中搜出來的。他駕著車，往舅舅的豪宅駛去，依他們原先的規畫，老管家今天應該備妥錢在豪宅中等知會他出門的電話。

「阿鐵，我就知道你是好人，你和他們不一樣。」阿綠坐在前座，嘰哩呱啦地說。

「我不是好人，但我也和他們不一樣……」莫維其冷冷地回答。

他想起昨晚那場紅色殺戮，他覺得自己不再是人了，在第七個預兆發生之後，他就會變成亞巴頓、別西卜那樣的惡魔了。

他完全失去了目標，也沒有一絲想和惡魔對抗的心情，他的腦袋中是空的、是茫然的，他只想將阿綠送回豪宅、然後離開，躲到一個無人的角落，靜靜地等待第七個預兆降臨。

屆時他會變成什麼樣子，他不知道。他又感覺到腹中那股強烈的飢餓感和亟欲吃些什麼的慾望，他忍不住多望了阿綠幾眼、乾嚥下幾口口水。

「我是壞人，世上最壞的傢伙……」莫維其接著方才的回答，呢喃說下去：「我應該早早死去，墜入地獄的最底層。」

阿綠立刻反駁：「誰說的！如果阿鐵你願意悔改，你就不會下地獄，神會原諒你的！」

「妳相信有神嗎？」

「相信啊！」

莫維其嘿嘿一笑說：「可是我不信。」

車子駛到了豪宅前的大門，莫維其卻突然感到有些不知所措，本來他應該按下電鈴，通知老管家阿綠平安獲釋了，但是老管家看得見他，老管家也曾聽過莫維其這般沙啞的聲音，他無法解釋他和阿綠在一起的原因。不知怎麼的，至少他不願意讓阿綠知道，莫維其就是阿鐵。

在這個世界上，只剩下阿綠還將莫維其這個人當成一個「人」，是個很強、很厲害的大哥哥。

他也只是猶豫了那麼一下，便在阿綠耳邊說：「車子已經到妳家門前了，但是我不敢讓妳家裡的人看見我，他們會報警抓我，所以我讓妳下車，妳站著別動，我按了電鈴之後就開車離開。妳不要說是我放了妳，也不要對別人說我的聲音跟我的任何事，妳就說是阿文或小志放妳回家的，好嗎？」

「我答應你。」阿綠點點頭，她補充說：「其實這裡不是我家，這是莫維其哥哥的家，我爺爺只是莫維其哥哥的管家，他根本沒有錢。」

莫維其哈哈一笑，說：「妳不是說莫維其是妳哥哥嗎？原來妳說謊。」

「唔……」阿綠怔了怔，想起了自己為了威嚇阿鐵而編造出的謊言，但她辯解著：「他不是我的親哥哥，但他是這個家的主人，他會保護我和爺爺，因為我們是他的家人。」

「……」莫維其不再接話，他將阿綠帶出車外，讓她拉著大門的一條鐵欄柱。他大力按了幾下電鈴，跟著一拳將那附帶監視器的對講機給打壞，轉身回到車上，朝著看不見的阿綠揮了揮手，然後倒車。

他駕著車子離去，突然間覺得耳朵有些耳鳴，他停下車，拍了拍耳朵，那耳鳴之聲不但未消，還越來越響亮。那似乎是對話聲，像是阿綠和另一個人說話的聲音。

「爺爺，他們放了我！」

「阿綠、阿綠，妳怎麼在這裡！那些綁架妳的人呢？他們……他們在哪裡？」

「他們怕被警察抓，所以不敢跟你要錢，早就逃跑了，我是自己逃出來……嗯……被一個好心人救了，送我回家……」

「什麼？那個人在哪裡？」

「他已經走了，我有向他道謝……爺爺，你不用管那個好心人，我跟你說其他綁匪，他們有三個人，一個叫耀哥、一個叫阿文、另外一個叫小志，最壞就是那個小志……」

莫維其一點也沒有因阿綠為了維護他而編造出來的謊言感到窩心，因為他根本來不及產生窩心感。

他聽見由老管家口中說出講話聲，竟是別西卜的聲音。是別西卜在和阿綠對話。

他無法去深究阿綠為何沒有發覺爺爺的聲音不一樣，或許這是別西卜的魔法，讓阿綠以為自己聽到的是爺爺的聲音，又或許別西卜附身在老管家身上。

莫維其知道惡魔既然透過他的耳朵讓他聽見這情形，必然有其用意，這是一種暗示，暗示接下來惡魔的手將會伸向舅舅的家，伸向老管家和阿綠。

「別西卜……」莫維其感到了一股強烈的憎恨和憤怒，他往山上奔，沙啞低沉地說著：「我知道妳聽得見我說話，其他的惡魔也聽得見……我已經說過會乖乖地等待預兆來臨，為什麼你們還要對我身邊的人下手？為什麼？別西卜……妳敢對他們做出什麼，我會殺了妳，將妳身上的肉一片片撕下，我會喝乾妳的血，咬碎妳的骨頭……」

莫維其看不見自己的臉，所以他看不見自己說出這怨毒詛咒時，神情就如同惡魔一樣。

他來到豪宅外牆邊緣，漸漸靠近大門、透過大門鐵欄柱的空隙往院子裡頭看去，見到老管家牽著阿綠，一步一步往房子走去。

老管家突然回頭，望向莫維其，露出了一個奇異的笑容。

莫維其沒有縮頭，他睜大了眼睛，胸口一陣緊縮，他記得那個笑容，是那夜醫院中別西卜虐殺小夏之後，和他道別的笑容。

「別西卜……」莫維其強壓下滿腔的憤怒，他翻過了鐵門，悄悄來到豪宅的大院子。他知道老管家只聘了一個中年婦人幫傭，他不怕讓人發現，他雖然不知道該如何對付別西卜，但他也無法坐視不管。他恨不得將別西卜生吞活剝，他開始將自己對血肉的飢渴慾望轉往別西卜身上，這似乎是個很好的發洩方法，他幻想著婀娜高挑的別西卜的肉體，她的手和腿的滋味。

莫維其像一頭準備獵食的豹，漸漸逼近房子。他得想個法子，將別西卜逼出老管家的身體，然後吃她。但是他當然想不出法子，所以只好暗暗潛伏著，至少能夠守護著阿綠。

□

太陽下山，黑夜降臨，在豪宅中的飯廳，老管家和阿綠兩個人圍著餐桌，大啖著慶祝阿綠平安歸來的一餐。

老管家在阿綠平安獲釋之後，也放棄了報警的念頭。他的神情變得豁達，緊皺著的眉頭放開許多，而客廳中堆放著幾個行李。

「爺爺，江嫂不在嗎？」阿綠問。

江嫂是先前老管家自費聘請來照顧阿綠、打掃宅院的幫傭。

「爺爺沒錢繼續付她薪水，只好讓她去找別的工作了……」老管家淡淡地說。

「那大房子誰來打掃，爺爺你年紀大了，可能會掃不動。」

「掃他個屁，明天一早，我們就走。」老管家哼哼地說。

阿綠問：「咦？我們要搬走嗎？」

「是啊，妳捨不得漂亮的房子嗎？」

「我又看不到，漂不漂亮我也不知道……」

老管家嘆了口氣說：「我替莫先生、莫少爺看管這間房子，幾乎耗盡了我的積蓄……我已經看不動了，莫少爺是好是壞，都和我無關了，我老了，管不動他了……其實他從小就沒聽過我的話……唉……其實上一次他回來後，我就把這些東西都處理好了，現在房子和財產都在他的名下……只是他不知好歹，我沒跟他說罷了……」

阿綠好奇地問：「不過我們搬走之後，若是莫少爺想要回來，他怎麼進來啊？」

「哼……老頭子我就在大門立塊告示，要他自己去跟處理遺產的律師事務所聯絡，如果他看到了，就算他走運，他不回來，也是他的事……我可沒有佔他一分一毫！」老管家昂著頭說。

莫維其在能夠看見餐廳情景的院中一角，偷偷向裡頭探視，他看著老管家和阿綠用餐，聽不太清楚他們說些什麼，但這時他感受不到老管家身上的異樣，他只好靜靜潛伏著。

老管家與阿綠用餐完畢，離開飯廳，老管家在關去飯廳燈光時，又向莫維其的藏身之處望了望，露出了那個古怪的笑容。

「惡魔……你在打什麼主意？」莫維其恨恨地說。

他靠近房子，拉開一扇窗，翻進了屋。他聞到了血的氣味，怔了怔，歪著頭去尋找那血腥味的來源。

老管家的臥房與阿綠的臥房相鄰，都位在豪宅一樓的角落通道之中，阿綠梳洗刷牙後，返回臥房，躺上熟悉的床鋪。

老管家拿著一杯酒，在大廳中踱步，口中喃喃禱唸著什麼。

這般情景，全讓躲在飯廳中的莫維其見到了，莫維其也低聲呢喃著：「惡魔，你想要做什麼？告訴我又何妨？你們不是想要在我身上施下七個預兆嗎，還剩一個，拖拖拉拉的做什麼？」

「你說得對……如你所願吧……」一個聲音鑽入莫維其耳中，他見到在大廳中踱步的老管家突然抖動了一下，緩緩倒下癱在大廳的地毯上。

「老周！」莫維其有些驚訝，他正要起身，便見到大廳中的老管家口鼻裡瀰漫出一股黑煙，是蒼蠅，那些蒼蠅在大廳樓梯旁聚合，現出了婀娜人形，別西卜出現了。

別西卜向藏匿在飯廳中的莫維其微微一笑，優雅地上樓。

莫維其趕忙上前俯身探看老管家，老管家正打著鼾。莫維其隨手取來沙發上的一件外套替老管家蓋上，然後也跟上了樓。

別西卜倚靠在二樓樓梯欄杆邊緣，歪斜著頭嫵媚凝視著莫維其，又轉身進入舅舅房間。

莫維其跟了上去。他的眼睛閃動著光芒，心中糾結著一股奇異的慾火和極度飢餓的火焰，他露出了口中那兩對尖牙，跟入舅舅的房間，別西卜正仰坐在舅舅書桌後那張大椅上，將一雙青白勻稱的腿擺放在桌面上。

莫維其在書桌前停下，看了看四周，問：「第七個惡魔呢？即便到了現在，你們還是喜歡玩花樣嗎？快出來，讓第七個預兆在我身上實現，快點了結這一切吧。」

「你一點都不反抗了？」別西卜放下雙腿站起，繞到莫維其身後。她的步伐像是踩在雲端，她來到了莫維其背後，自後頭摟上莫維其全身，撫摸著莫維其的胸腹，呢喃著：「你的力量比我們預想中更加強大，尤其在接受了我的喉和路西法的口之後，倘若第七個預兆實現，你或許能夠和我、路西法，以及薩麥爾平起平坐了。」

「薩麥爾？他就是第七個惡魔嗎？叫他出來吧。」莫維其沙啞地說。

「不是現在，我想你還沒準備好，你真的能善用路西法的口嗎？」別西卜將臉貼著莫維其的臉，柔聲地說。她開始親吻莫維其的頸子，將莫維其的臉扳轉面向她，在他的唇上啜吻了數下，然後開始深吻，別西卜呢喃著：「原來這就是路西法的唇，不怎麼樣……」

莫維其咬下了別西卜一塊唇肉。

別西卜向後一躍，輕撫著嘴上那缺肉破口處，眼中射出驚怒的神色。

莫維其咀嚼了兩下，撇頭吐出一團紅色漿團，舐了舐自嘴邊淌落的血，說：「別西卜的唇，也不怎麼樣……」

「……很好，我越來越喜歡你了，我們之後一定會成為很要好的夥伴。」別西卜一字一句地說著。她身上幻化出艷麗黑色的禮服，臉上泛冒出青黑色的圖紋，一陣陣的嗡嗡聲自別西卜身上那華麗的禮服中發出。

「今晚，就讓我試驗一下你的力量，讓我看看擁有六個惡魔器官的人會強到什麼地步。」別西卜說完，已經來到莫維其面前，她的手快如閃電，撫摸上莫維其的臉頰。

在這同時，莫維其的拳頭也轟向別西卜的小腹，拳頭貫入別西卜的小腹，在那一剎那，他以為自己擊中了別西卜，但別西卜的胸腹嗡地一聲散開，那是一團蒼蠅。蒼蠅四散，別西卜飛縱到了另一邊，胸腹間的空洞旋即恢復成華麗禮服的模樣，一點也沒有受到攻擊的跡象。

「唔……」莫維其摀著臉，他臉上被別西卜摸到的地方，突起了一個蠕動的凸點，那東西在他臉皮底下爬竄。莫維其感到一陣劇烈疼痛，和更多的憤怒。

那晚，小夏承受的痛苦，是此時自己的千百萬倍。

莫維其想起了那夜的小夏，他飆竄到別西卜的面前，一拳自下往上鉤，穿掠過別西卜的小腹、胸前，別西卜身上的黑艷禮服便像剛才那般化開，成為四散的蒼蠅，但是她的頸子和腦袋卻未如禮服般化成蒼蠅，而讓莫維其緊緊掐住了下頷。莫維其大吼一聲，抓著別西卜的頸顎處，將她摔砸按在地上。

「逃不掉了吧……嗯！」莫維其低嗥一聲，他的右臂爆出鑽肉刺骨的劇痛，無數的蒼蠅自別西卜的胸頸處鑽進莫維其的右臂，千百個蠕動凸點快速地在他手臂上爬竄，朝著肩膀鑽。

莫維其落下了大滴的汗，眼睛中暴射出怒光，臉上還爬著方才的蒼蠅，他用左手捏著了那隻在他臉皮底下不停鑽動的蒼蠅蛆蟲，連著臉皮一併捏碎。

別西卜的額上露出了可怖的青筋，她的臉色漲得更加青森、嘴角淌流出血汁，但她還是笑了。她笑著說：「還不夠……這種程度的力量或許能和亞巴頓比比腕力，不過這隻手本來就是他的……若你要打倒我，這樣的力量還……」

莫維其並不等別西卜說完，他的左拳已經壓進了別西卜臉中，然後收回、緊握再擊下！

「碰！碰！碰！」莫維其的左拳像是連珠砲般地打在別西卜臉上，每落下一拳，爬滿莫維其身上的那些蒼蠅蛆蟲就會消失一些，莫維其知道自己的每記拳頭都削弱了別西卜的一部分魔力。

「惡魔，去死吧——」莫維其低吼一聲，右手爬漫出如同火焰一般的紅紋，將別西卜整個顎頸之處都抓碎了，而他手臂上的許多蒼蠅蛆蟲，都讓那些火焰紅紋給炸出皮肉之外，燒成了焦灰。

別西卜一動也不動，她身上的黑艷禮服浮動輕擺著，莫維其感到她身上的懾人魔力漸漸削弱散去，而他自己皮肉裡那些蒼蠅蛆蟲也一一消失。他喘著氣，看著底下的別西卜，心中的憤怒猶然未消，他又朝著別西卜的臉面擊出幾拳，這次夾雜著右拳，別西卜的臉沒多久便不再像是臉了。

「死了嗎……那……還剩六個……接下來換誰？」莫維其舐了舐拳頭上的血，眼中泛出紅光，腹中的飢餓感又突然燃燒了起來。他扒開了別西卜的黑艷禮服，在她青冷勻嫩的軀體上扯下了一塊肉，大口咀嚼著。

莫維其發出了沙啞的笑聲，他覺得四周像是燒起了烈火，他聽見了惡魔的哭嚎聲，這讓他更加亢奮，他覺得口中充滿了香甜芬芳、四周鮮紅一片，他正享受著血的盛宴。突然，他的進食讓一陣碎碎的踢踏聲打斷，他歪著頭，用泛冒紅光的眼睛看著舅舅的房門口。

「什麼事啊？怎麼這麼吵啊？」阿綠扶著門沿，摸索著、抓著腦袋，向裡頭說。

莫維其像是讓人從血漿中提了出來一般，眼中的紅光沒了，口中的利齒縮短了些，手上的火焰紅紋也隱去，同時，他感到口中的香甜轉為酸苦，便吐了出口，低下頭，他見到腳下壓著的，是老管家。

老管家的臉孔破碎，頸子以下尚稱完好，但胸口破了個大洞，心臟處只剩了個空洞。

「嘶——！」莫維其讓一陣巨大的驚懼嚇得往後仰倒，他張大了口卻說不出話，他再一次上了惡魔的當，上了別西卜的當。他拆解吃到一半的不是別西卜，而是老管家。

「爺爺？爺爺？」阿綠在門邊喊著，跟著想要進來：「是你嗎？你在房裡嗎？房間裡有人嗎？」

莫維其的身體劇烈地顫抖著，眼淚不停奔出眼眶，但他還是發不出聲音，他僅能不停地向後退，他的耳朵聽見了惡魔的笑聲。

夥伴，很快地你就不會再哭泣了

屆時你會愛上你現在所做的一切

「不……為什麼……為什麼……」莫維其沙啞地喃喃自語著，他見到阿綠向房中、往老管家的身體走，她的腳踩進了她爺爺的血泊中，因為她穿著絨毛拖鞋，並沒有察覺到腳下的異樣。

接著，阿綠感覺自己似乎踢到了什麼，她緩緩蹲下，去摸老管家的身體，但她看不見自己的爺爺沒了腦袋，也失去了心臟，她著急地問：「爺爺？你怎麼了？你……」

「嗚——」莫維其的雙手抓著自己的臉，拉出了長長血痕，他感到自己的心快要破碎了。

「咳咳！阿綠，爺爺在這裡……」老管家的聲音自書房門外傳出。

「爺爺？」阿綠驚訝地站起，她踢踢腳下的身體，然後轉身朝門的方向走，問：「爺爺！你在哪裡？房間裡有個東西……」

「阿綠，快來爺爺這裡，那是個壞人！」老管家的身影進入書房。

莫維其愕然地瞪大眼睛，進來的不是老管家，而是一個身穿灰衣、容貌滄桑的男人，他的口中發出老管家的聲音說著：「有個壞人闖了進來，爺爺和跟莫少爺一起把壞人打昏了。不過妳不用擔心，我們把他綁起來了。」

「咦？莫少爺回來了嗎？」阿綠驚訝地問，她喊著：「莫少爺！莫少爺！是你幫忙抓壞人的嗎？」

莫維其臉上掛滿了眼淚，他實在無法回答——他的聲音是阿鐵的聲音，不是莫維其的聲音。

「是啊，我來看你們，剛好碰上了壞人，我一拳打昏他，然後你爺爺也醒來幫忙。」一個與莫維其聲音一模一樣的聲音，自莫維其背後響起。

莫維其愕然回頭，蹲在他身後發聲的那男人……是拉菲爾。

拉菲爾的臉上還留有雨夜公園當時被莫維其打傷的痕跡，他摸了摸喉嚨，清咳幾聲，又發出了和換喉之前的莫維其一模一樣的聲音說：「阿綠，快扶妳爺爺回房休息，他年紀大了，還和壞人打架，把腳都扭傷了。」

「爺爺！你受傷了嗎？」阿綠著急地拉著那名滄桑男人的手搖著。

「爺爺沒事，睡一覺就好了。」滄桑男人牽著阿綠的手，走出房。

莫維其像是洩了氣的氣球一樣癱坐在地上，他望著眼前老管家慘烈的屍體，眼淚不停地淌流下來，他突然覺得自己有些記不起老管家生前的模樣了，而此時他也無法再見一眼老管家的面貌……老管家的臉是他親手打碎的。

「這算什麼……」莫維其摀著臉啜泣了起來。

「我以為你又要發怒了。」拉菲爾說。

「殺了我吧……天使……既然你不能幫我的話……」莫維其哽咽地說，他看著自己顫抖的雙手，緩緩伸手撕裂胸前的衣服，他輕觸著自己的胸口稍稍施力，食指和中指刺入了幾分，流下幾道紅色的血，他喃喃地說：「我自己來也行……」

「我們一直在幫你。」拉菲爾嘆了口氣，此時他是用自己的聲音在說話，他按住了莫維其欲自盡的右手，純白的光芒包覆住莫維其的胸膛，他說：「天使和惡魔所要得到的是你的內心，真正在交戰的，是你心中的光和闇。天使和惡魔都在你身上和你心中放了力量，但你只願意使用惡魔的力量，而不願意用光明的力量。」

「你可以憤怒，但不能迷亂；你可以激昂，但不能瘋狂；你可以攻擊，但不要殘虐；你可以傷心，但不能絕望。這樣，你所發出的，就是光的力量，那是充滿希望的力量，是求生的力量，是保護所愛之人的力量，而不是單純的暴虐。」拉菲爾的聲音迴盪在莫維其身邊。

拉菲爾自懷中取出一個小玻璃瓶，旋開瓶蓋，灑出幾滴瓶中清水，抹在莫維其胸前的傷口上，傷口很快地消失了。拉菲爾又將幾滴瓶中清水灑在莫維其的臉上，莫維其覺得身體像是浮在雲端一般，傷痛、疲憊和飢餓一下子減低許多，他長長地舒了口氣。

拉菲爾又將小瓶湊近莫維其的口唇滴入幾滴清水，緩緩地說：「下次我們再見面時，若非朋友、就是敵人了。若那時你我成為敵人，我會毫不猶豫地將寶劍刺入你的心臟。」

「娘娘腔，你可以現在就拿出你的寶劍將我殺了……」莫維其喃喃地罵。他突然感到有些驚訝，他的聲音恢復成原本的嗓音，不再是沙啞的惡魔語調了。

「別逞強了。」拉菲爾將那小瓶旋回蓋子，放在莫維其懷中，然後站起身說：「這瓶水對你的聲音應該會有幫助，每次使用一點點就好了，別浪費了。若你不嫌麻煩的話，也可以加入新的水，但記住，要祈禱，這麼一來，普通的水也有效用。」

「這是什麼玩意兒？」莫維其感到輕飄飄的，意識漸漸模糊。

「這是神為你哭泣時，所流下的眼淚。」

Beelzebub

別西卜，這個名字在希伯來語中代表著「蒼蠅之王」，因此在繪畫中常以蒼蠅作為形象。傳說中為統御眾鬼的「鬼王」。

第五章

黑暗中亮起了光

Lucifer

路西法，在基督教中被視為撒旦之別名。這個字在拉丁文中代表「帶光者」，另外也有「明星」、「拂曉之星」（即金星）的意思。

後來的基督教傳説中，Lucifer 被認為和撒旦有關係。根據基督教的傳統解釋，路西法原是統御所有天使之長，後來與神對立，被逐出天堂，成為神的敵人。另外有一説他和米迦勒（Michael）為雙胞胎，其中路西法為哥哥。

在沉睡中，莫維其夢見自己站在一望無際的草原上，那草原廣闊遼遠、無際無邊、翠綠芬芳，抬頭盡是蒼藍的天和潔白的雲。

他轉身，不遠處有一棟白色花園洋房，傳來柔美的音樂和歌聲。

他往那房子走去，覺得腳下翠草踩來輕軟舒服，他便加快了腳步，奔跑起來，很快地來到那白房的花園中。他見到之前夢境中的褐髮小男孩，正與阿綠蹲在花圃旁觀看蝴蝶飛舞，以花草莖葉結製玩物飾品。

「朋友，又見到你了。」小男孩抬頭看著莫維其，開朗地笑著。

「……」莫維其沒有應答，只是靜靜看著他們。

「莫少爺，一起來玩嘛！」阿綠站起身，朝莫維其奔來。在這夢中的阿綠眼睛是睜開的，她看得見。阿綠抓住莫維其的手，將他往鞦韆方向拉。

「是啊，來玩嘛。」褐髮小男孩也嘻嘻一笑，拉住了莫維其的另一隻手，同時又將一個東西塞入他手中。

莫維其低頭看手上那東西，是一個新的樹枝十字架，同樣以兩根樹枝交叉、綑著幾圈草莖，末端還有一圈長長的草莖作為能夠掛在頸子上的繩結。

他們來到鞦韆旁，但鞦韆只有兩個，最後仍是阿綠與那褐髮小男孩各坐著一個，莫維其在後頭推著。

夢境中的阿綠燦爛地笑，眼睛張得好大，莫維其從來也沒看過阿綠這麼開心，所以他一直沒有停下推動鞦韆的手。

□

「莫少爺，昨天我有夢見你耶！」阿綠興奮地舉著牛奶杯，另一手抓著三明治，邊吃邊嚷嚷地說著。

莫維其與阿綠對坐著，凝視手中的樹枝十字架。這是他在日出時醒來後便抓在手中的玩意兒，那只拉菲爾給他的玻璃小瓶也在身邊，而老管家的屍體已然消失，而且沒留下一點血污。他和阿綠同桌吃著早餐，謊稱老管家為了處理舅舅遺產的瑣事得出國一段時間。阿綠儘管訝異，卻也莫可奈何。

這時，莫維其對阿綠的話有些詫異，他問：「妳夢見我？」

「對啊！」阿綠嘻嘻笑著說：「我夢裡的莫少爺很漂亮，還有一個小男生也很漂亮，有棟房子也很漂亮，房子附近的風景也很漂亮。在夢裡我看得很清楚喔，比之前的夢都清楚，而且好漂亮！」阿綠並非天生盲眼，因此在她的腦袋中也存在著「景象」的概念，也一直能在睡夢中「看見」一些景象，她憑著直覺分辨那些喜歡和不喜歡的景象，藉此推斷出「漂亮」和「不漂亮」這個對她而言十分抽象的標準，但她以往的夢境從來沒有一次像昨晚的夢境那般清晰而真實，這讓阿綠感到無比地開心和雀躍。

「我夢見我和那個小男生在盪鞦韆，莫少爺你在背後推鞦韆。」阿綠呵呵地笑。

「是嗎？那我推得好不好？」莫維其也笑了。他咬了一口三明治，卻覺得如同沙土礫石般難以下嚥，他將口中的三明治吐出，又咬了一口，仍是同樣的滋味，他知道這是惡魔之口在逼他食飲生血鮮肉。

他嘆了口氣，突然感到喉間熱辣搔癢，他咳嗽幾聲，感到有些沙啞，他趕緊取出那只小玻璃瓶，飲下幾滴水，他再度清咳兩聲，喉間的搔癢感便消退了，看來這水能壓制他的魔鬼之聲。

他們度過了一個悠閒的上午，用過午餐之後，阿綠躺在沙發上聽音樂，莫維其則看著窗外院景，他對自己此時的安寧心境感到有些詫異，他不清楚為何自己的心情會有如此巨大的改變，是喝下了玻璃瓶中「神的眼淚」的關係？是老管家之死的關係？是暴怒後的反差？是拉菲爾的提示開導了他？還是在看透了老大、小志等他唯一朋友的本性後而有所啟發？是絕望，還是覺悟？

總之，他感到心中的怨恨減少了許多，他只想靜靜坐著，等待最後的審判——是生是死，是光明是黑暗，是人還是惡魔，都與他無關了。

「……進來吧，別鬼鬼祟祟的。」莫維其的目光沒有離開落地窗外院中的一棵大樹，但他感到邪惡氣息自外侵入院子，他看到一團紅色的煙霧和一團黑色的煙霧在外頭捲動瀰漫。

「未來的主人呀，我們是預先來向你請安的。」一個蒼老的聲音自門外響起。

莫維其不再答話，他看了看阿綠，帶著耳機的阿綠似乎睡著了，他將目光放回那閃動著詭譎光芒的落地門窗上。

一片漆黑籠罩而來，客廳中立時昏暗許多，五個形體透過落地門窗步入屋內。

那是莫維其先前在洗衣店中碰上的地獄囚徒——眼口上縫著黑線的佝僂老人，手上四條漆黑鎖鍊，四條鎖鍊鎖著兩個小女孩模樣的惡鬼，以及兩個光頭模樣的惡鬼。

那老人向莫維其深深鞠了個躬，另外四個惡鬼也恭敬地鞠躬。

「你……不像是負責第七個預兆的魔王……你是薩麥爾？」莫維其狐疑地問。

那佝僂老人搖搖頭，縫著的嘴不停蠕動，發出咕嚕咕嚕的聲音說：「不，主人，上次我和您說過，我叫拜恩，我即將成為您的奴僕，您能夠任意差使我。」拜恩這麼說的同時，他手上的鎖鍊晃了晃，兩個小女孩、兩個光頭男人也緩緩地跪了下來，向莫維其膜拜。

「嘿……這就是地獄魔王所享有的好處？」莫維其感到好笑。

「何止如此。」拜恩繼續說著：「在地下更深處，還有無數惡鬼，等著主人與另外七位大王一起統領。」

「我不一定會成為你的主人。」莫維其這麼回答。

「不，你一定會。」拜恩這麼說的時候，發出了嘿嘿的笑聲，他從懷中取出一封黑色大信封，上前恭恭敬敬地交給莫維其。

莫維其接過那信封拆開，裡頭是一張艷紅色的卡片。

拜恩察覺到莫維其身上散發著某種令他感到不舒服的氣息，便說：「主人吶，您還帶著那東西？快拿下吧，那東西對您沒有任何幫助，那是世上最大的謊言，只會徒增您的痛苦。」

莫維其點點頭，從衣服中取出了樹枝十字架。他見到拜恩向後一退，將目光轉開，像是不敢直視那十字架。於是，莫維其將十字架掛上阿綠的頸子。

接著他打開那張血紅色的小卡，上頭只寫了一行黑色的字——

夥伴吶，十天之後，我們將親自前來迎接你，一同欣賞最後預兆發生時的燦爛美好。

「……」莫維其靜默半晌，說：「我知道了，你回去吧。」

拜恩搖搖頭，說：「不，主人，我的任務就是在這裡輔佐你、保護你。」

「輔佐我？」莫維其冷笑了笑說：「其實是監視我吧……我告訴你，你大可放心，我不會逃跑的，反正我逃不了，不是嗎？這裡是我兒時生長的地方，是我的家，我會靜靜地等待另外七個過來，在那一天，我會準備豪華的晚餐，盛大歡迎他們。」

拜恩不再說話，低著頭，似乎對莫維其的態度感到困惑，卻沒有再多說什麼，他領著四個惡鬼退到了豪宅中的角落。

□

莫維其以「阿綠剛剛獲釋，情緒尚未恢復」為由，幫她向學校請了長假；對阿綠則以「綁匪可能還會有所行動」的理由，要她乖乖待在家裡。

此後每一日，莫維其陪伴在阿綠身旁，陪她聽音樂、聽廣播、聽電視節目，或是長聊往日瑣事。

他並不打算逃，他知道自己不可能逃得出惡魔的掌心，他甚至不太擔心阿綠的安危，他知道若惡魔有心要對付阿綠，他無論如何也無法阻止，他僅能吩咐阿綠連洗澡時也別拿下胸前的樹枝十字架。

每天太陽落下時，莫維其便會聽見一些魔鬼的聲音，拜恩和另外四個惡鬼也會出現在豪宅之中。

他時常感到飢餓難耐，也無法食用正常食物，漸漸地就連平時飲水都會嘗到有如糞尿一般的氣味。

莫維其只得靠著那只小玻璃瓶中的水沾唇解渴，當他發現瓶中只剩下少許的水時，想起了當晚拉菲爾告訴他的話，他便在瓶中加滿清水，握在手中祈禱許久，然後緩緩喝下，果然清洌甘甜，讓他覺得舒服些。然而這水雖然能夠解他的口渴、壓制他的魔鬼之聲，卻無法去除他的毒癮，他時常滿頭大汗，只能靠著祈禱來減低痛苦。

□

這晚，拜恩再度出現在莫維其面前，兩個光頭惡鬼歪斜著頭，各自捧著一條鮮嫩淌血的人腿奉上莫維其的書桌。

「謝謝你，但我不餓。」莫維其搖手拒絕。

拜恩點點頭說：「主人，即便你不餓，我仍然希望您吃下它們。」

「如果我不吃，你就要動手逼我吃嗎？」

「不，主人，拜恩現在的力量遠遠不如主人吶……」拜恩恭敬地說：「拜恩和四個奴僕正在準備五天後的晚宴，主人加上另外七位大王、還有很多很多夥伴，想必會消耗許多食物，現在我們正忙著蒐集食材。這兩條腿，是順便替主人獻上點心，我們知道主人許久未進食了。」

莫維其有些驚愕地問：「你是說，你們為了到時候的……晚餐，四處宰殺活人？」

「是呀，還有其他的理由嗎？」拜恩回答。

「……」莫維其半晌不語，他知道這若是其他惡魔的指示，那麼即便他表示反對也沒用。

「那麼……我可以幫得上忙嗎？」莫維其邊說，邊拉來一張報紙，指著上頭某一版面，那是個連續殺人犯落網收押至看守所的新聞，他指著照片上那殺人犯的照片，問：「你覺得他的味道如何？」

拜恩來到莫維其身前，他的眼睛雖是縫著的，但似乎看得見東西，他回答：「他有我們熟悉且喜愛的氣質，應該很順口。」

「那就他囉。」莫維其起身，順手摸了摸一旁兩個小女孩惡鬼的腦袋，兩個小女孩一個陰沉、一個開朗，都看著莫維其。莫維其再補充說：「把他抓來，留著當晚再吃，你們有辦法把他弄到手嗎？」

「當然可以，主人。」拜恩想也不想地回答。

莫維其想了想，又問：「那麼，這次晚宴的菜色，由我來準備，算是我對七個前輩的敬意，可以嗎？」

「當然可以，這樣再好不過。」拜恩回答。

「那好，你們來幫我。」

十五分鐘之後，莫維其出現在看守所的囚牢廊道之中，沒有人知道他是怎麼進來的，廊道中的警衛被施了魔法，都沉沉睡著，莫維其背後還跟著拜恩和另外四個惡鬼。

他們來到那個連續殺人犯的囚牢之前，莫維其問：「誰能幫我開門。」他還沒說完，兩個女孩中的一個眼睛一瞪，門便開了。

殺人犯低垂著頭，坐在床沿，他見到莫維其走進來，先是一愣，然後嚷嚷著：「你是誰？你是誰？」

「我是魔鬼，和你一樣，都是魔鬼。」莫維其微微笑著說：「我是來帶你下地獄的。」殺人犯狂叫起來，他見到莫維其身旁出現了個恐怖小女孩，他也見到莫維其身後有兩個光頭惡鬼和拜恩。

殺人犯嚇得暈了過去，被兩個小女孩五花大綁了起來。

「主人，你還要誰？」拜恩問，那殺人犯被光頭男人扛在肩上，晃晃盪盪著。

莫維其在牢房門前走著，從房門上的洞口往裡頭望，他幾乎能夠感覺得出牢房裡哪個人犯下什麼性質的罪，那些性侵案的犯人和一般暴力案件的犯人身上的氣息截然不同，殺人和嚴重暴力案的犯人身上某種氣息也特別突出。

莫維其為慎重起見，特地盤問了幾個他覺得「比較美味」的犯人，那些犯人大多屁滾尿流地想要逃跑。莫維其和他們四目相視時，隱約看見了被害人的慘狀，也看見了犯人們犯行時的凶烈亢奮，莫維其幾乎能夠聞嗅到血的氣味和哭嚎聲音，他甚至能夠感受到犯人犯行時的衝動情緒，這讓他心情有些紊亂焦慮，他便喝下一些帶在身上的「瓶中水」。

「今晚就這四個……」莫維其指示著拜恩，將包括那連續殺人犯在內的四個犯人悄悄帶走了。由於他們都是重犯，因此大都獨自一間囚室，在地獄惡鬼的協助之下，莫維其完全不需擔心他的行動被人發現，更別提監視攝影機的限制。

在地獄盛宴倒數第五天的這晚，他在這間看守所中擄走了四個其實不算是人的人，莫維其準備帶他們見識地獄。

倒數第四天時，莫維其指示拜恩，擄走了某些幫派中行事特別骯髒卑劣的傢伙，一共有十六個，包括一個四處誘騙少女加以監禁姦淫的小角頭，和幾個手段凶狠的討債集團成員。

莫維其不禁感到相當程度的諷刺，在不是太久之前，他也是一個殘暴凶狠的人渣，他也吸毒、也打打殺殺，若是當時的他，或許也符合此時他「美味」的定義吧。

「不過我打的都是圈內人，他們也打我，只是我出手比較大力而已，我倒是從來沒欺負過一般人……」莫維其喃喃自語，對著眼前跪著的一個猥瑣男人細數他的罪狀，問：「黑月社的阿偉，以前我也聽過你的大名，不過我不知道你這麼厲害呀……強姦、販毒、殺人……逼人走投無路去自殺……你說，你還有什麼沒做過的？」

這個黑月社的阿偉五分鐘前在床上叼著菸，數著他剛逼迫得來的一個老頭子的棺材本，便被破窗而入的莫維其揪倒在地，嚇得將錢撒了一地，以為是仇家殺上門來了。

「你……說什麼？你什麼來頭？」阿偉回過神，想要找武器還擊，他轉身拉動那只藏有手槍的小櫃抽屜，抽屜的把手濕黏一片，全是鮮紅的血。

小櫃抽屜自動開了，一個全身浴血的小女孩自其中爬出，阿偉暈了過去。

「好，帶走。」莫維其攤攤手說。

直到距離地獄盛宴倒數最後一天時，豪宅中的地下室已經囚禁了超過一百人，幾乎是莫維其所知道、或是探尋聞嗅到在這個城市中最壞最卑劣的一批人了。

這些人都赤裸著身體，被五花大綁地囚在地下室；他們身上都被施了魔法，沉沉睡著。莫維其看著他們像是屠宰場中待宰的豬隻一般，心中五味雜陳。他關上了門，離開。

「阿綠，明天我們去抓大甲蟲，好不好？」晚餐時，莫維其這麼問著阿綠。

他的身形比先前更加消瘦、兩眼眼眶凹陷，他已經十天未進食，每天靠著飲用那些他祈禱而來的瓶中水度日。

「好啊！可是爺爺到底要什麼時候才回來啊？」阿綠開心地問。

「妳爺爺還有一陣子得忙，明天之後，我幫妳打電話問他。」莫維其擠出了一個笑容，又喝下一口水。

□

這天在很早的時候，陽光就越過了山，覆蓋在本來屬於舅舅、現在屬於莫維其的豪宅屋瓦上。莫維其一夜沒睡，感到十分疲憊，但是他的心靈、精神卻清晰敏銳。他將兩套衣服攤在床上，一套是運動服，另一套是舅舅的西裝，他已試穿過，出乎意料地合身。

他先換上了那套運動服，陪伴阿綠用過早餐，然後他們帶著捕蟲網子出門，來到了山坡上樹林旁，莫維其帶著阿綠捕捉那些藏在樹林中的大甲蟲，他捏著甲蟲讓阿綠輕拂大甲蟲的硬殼，詳細解說之後再放掉。

「很久以前，舅舅有一次答應我，要帶我上山來抓這種大甲蟲，可是那天他身體狀況不好，沒辦法帶我來，我就大哭大鬧，最後妳爺爺只好帶我去百貨公司坐玩具車。我很調皮，和司機叔叔玩捉迷藏，四處搗蛋，跑給他追，最後還趁他上廁所的時候，衝進去踢他的屁股。」莫維其加油添醋地述說他當天在百貨公司是如何刁鑽地繞路搗蛋，逗得阿綠哈哈大笑。

他們在青草地上用過了很豐盛的一頓野餐，當然莫維其仍然只飲用了幾口瓶中清水。

很快地，到了下午。

「莫少爺，夕陽是什麼樣子啊？」阿綠這麼問。

「嗯……就是太陽要下山了，在這時候，太陽看起來是紅色的，而且比較大一點，他們會落到山後面；在這個時候，天空是金色的，天上的雲都閃亮亮的像是在發光。」莫維其解釋著。

「好像很漂亮的樣子。」

「是啊，現在就是這個樣子，很美。」莫維其牽起阿綠的手，準備返家。

此時他眼中所見到的黃昏，和他描述中的景致卻截然不同。天空被四面八方聚合而來的紫黑色厚重雲層遮成了一片黑幕，他隱約見到厚重的黑雲中閃動著青森的電光，卻沒落下一滴雨。在積厚的電光雲影中，隱約可見到數張魔鬼臉孔在雲中嗥叫著，既像是歡呼，又像是怒吼。

「莫少爺，我好睏喔。」阿綠打了個大大的哈欠，她手中還抓著半瓶飲料。

「我揹妳，妳累了的話就睡覺吧。」莫維其將阿綠揹上背，阿綠很快就睡著了，她手中的飲料也掉落下地，是莫維其放進飲料裡的安眠藥發揮了作用。

莫維其揹著阿綠，回到大宅院外，遠遠便見到有無數的鬼影在大宅上空飛旋盤繞，他也毫不遲疑地揹著阿綠步入院子，與各式各樣的惡鬼擦身而過。那些惡鬼對莫維其感到好奇且敬畏三分，有些惡鬼忍不住伸手要去觸碰莫維其背上的阿綠，都被他的警示目光嚇退。

他打開門，豪宅之中微微地震動，家具和家具之間的距離緩緩地加大，整個大廳正緩緩擴張著。莫維其知道這是惡魔的魔法，今晚想必群魔聚集，即便是舅舅的豪宅，或許也不夠容納那些妖魔鬼怪，他們需要更加寬闊的空間。

拜恩與四個惡鬼奴僕，則佇立在門邊，恭恭敬敬地迎接主人回來。

豪宅各處，都有數不清的惡鬼四處漫走嬉鬧，彷彿在參與一場熱鬧的宴會。莫維其將阿綠放在一張沙發椅上，讓她仰坐著，又招來拜恩吩咐：「這女孩是屬於我的，你替我看守，別讓其他傢伙碰她，不然我會很不高興。」

拜恩鞠了個躬答：「是的，主人。」

莫維其走向二樓樓梯，由於空間緩緩地擴大，因此他也花了比平常更多的時間。他經過廚房時，見到廚房已經變成了另一副模樣，除了大小是原先的數倍之外，還多了數具黑色火爐，一旁擺放著可怖的刀叉鋸子等「調理工具」，八人坐的餐桌成為一個巨大的砧板，桌腳旁躺倒著數個綑綁著的「食材」，那是莫維其和拜恩等從看守所中擄來的傢伙。他們似乎已經清醒，口中塞著黑布、雙眼驚愕地瞪著，惡鬼們還不停從地下室中將一個個「食材」搬進廚房擺放待宰。

一個作廚師裝扮的胖壯大鬼，廚師服上沾滿了髒污血跡，這鬼廚師皮膚是青灰色的，雙眼無神，但動作俐落，隨手提了一個「食材」上桌，那是黑月社的阿偉。壞事做絕的阿偉絕對料想不到自己竟會有這麼一天，他劇烈地顫抖著，讓幾個惡鬼按在「砧板」上。鬼廚師順手抄起一柄漆黑骯髒的刀，轉身面向著阿偉——切。

莫維其在鬼廚師將阿偉提上「砧板」時，便將視線移回前方樓梯，他大步上樓，對阿偉發出的那聲撕心裂肺的慘嗥聲充耳不聞。四周的厲鬼則是應和起阿偉的慘叫歡呼高叫。

豪宅二樓中也盤據著許多厲鬼，厲鬼們在各個房間中摸索玩鬧。莫維其步入舅舅的房間，這裡也有數隻惡鬼，他們的額上都刻印著印記，都是些十分特殊的數字組合，使莫維其知道這幾隻惡鬼的階層較高。

「滾。」莫維其隨手將那個蹺腿坐在舅舅書桌大椅上的剽悍青年模樣惡鬼揪起來。

那剽悍青年模樣的惡鬼身穿華服、眼神銳利如刀，但莫維其感應得出這傢伙儘管也強大，但與先前他遇上的六個惡魔相比仍差一大截，比起擁有六個惡魔器官的自己，也甚為不如。

這模樣剽悍的青年厲鬼似乎對莫維其十分不服，他露出了猙獰的表情，但莫維其一點也不畏懼他，隨手將他甩至一邊，走到床邊，緩緩脫去身上那套運動服，換上舅舅的西裝。那青年惡鬼儘管不服，卻也不敢造次，只能訕訕地和其他凶鬼離開舅舅的房間。

莫維其來到一面鏡子前，取出髮油，梳整著頭髮，修剪眉毛，還不忘將他隨身攜帶著的玻璃水瓶放進口袋中。他凝視著鏡中自己的雙眼，然後低下了頭，閉目說著：「高高在上的傢伙啊，我將不再對你祈禱了，因為你是那麼地傲慢自大，我已知道我該做什麼了，我把她交給你了，不要用對我的態度對她，不要再將對我說過的廢話來對她說教，她只有十歲，她應該活下去……」說完，他睜開眼，轉身下樓。

此時一樓中已經點起無數火炬，成了一個廣闊宴廳，原先的客廳地帶已經被推至這偌大皇宮的邊角處。

在這大宴廳正中央，有一張血紅色寶石長桌，長桌左右各有三張椅子，兩端則各有一張椅子，一共是八個座位，五、六個惡鬼七手八腳地將各式「料理」端上桌。

「將那東西取下！」「扔掉它、扔掉它！」在宴廳邊角處，阿綠仍然仰坐癱躺在沙發上沉沉睡著，在沙發周圍聚集了數十隻惡鬼，嗥叫著、怒吼著，拜恩牽著的四個囚徒，則凶烈地攔在阿綠和其餘惡鬼之間，阻擋他們進一步擠向阿綠。

「主人，他們希望您將女孩身上的『東西』拿下。」拜恩對趕來探看的莫維其這麼請示。

「等最後的預兆發生之後，我再來處置她，這樣不好嗎？」莫維其冷冷地反問。他看見那些惡鬼的目光都射向阿綠胸前的樹枝十字架，然後快速地避開，他們對那東西痛恨且懼怕。

「這主意不錯呀，你們在吵什麼？」莫斯提瑪的聲音在宴廳入口處響起。

那些怒叫吵嚷的惡鬼立時靜了下來，接著他們興奮、鼓譟，齊聲呼起了莫維其聽不懂的口號和歌聲。

莫斯提瑪微微笑著，穿著金色禮服，在女侍的攙扶下走近紅寶石長桌，坐下。

莫維其見那些惡鬼不再企圖逼近阿綠，便也來到長桌一端的主人位置坐下。

儘管他已經無所畏懼，但是當他看到他斜前方大桌上那盤子上擺著的是黑月社阿偉的腦袋時，還是忍不住打了個寒顫。阿偉的腦袋眉毛以上的頭蓋骨被摘掉了，露出整個鮮紅腦子，他的眼睛仍然是大張著，臉上的眼耳口鼻處都有著各式各樣的雕刻裝飾。莫維其迅速將目光移開，他知道自己若是仔細端倪那些裝飾，可能會反胃嘔吐。

「比我想像中還要來得熱鬧。」別西卜身著華艷禮服，拖著長長的裙襬步入豪宅，來到血紅長桌入座。

魔鬼們的歡呼聲更加地高亢熱烈，莫維其感到四面八方都傳來了邪惡的壓迫，擠壓著他的全身，他感到自己體內也有一把黑濁的火焰將要燃起，他只能盡力壓制著心中那股情緒。

在魔鬼的恭迎吶喊聲中，阿撒斯勒、亞巴頓、彼列等也進入這華美宴廳，一一入座。

最後，穿著墨黑禮服的路西法推著一台輪椅現身，輪椅上坐著的是一個面貌奇異的老者，那老者的一雙眼睛是青綠色的，眼瞳豎立，如同毒蛇一般。宴廳中發出了震耳欲聾的歡騰吶喊聲音。

路西法將那老者推到了血紅長桌的另一端，然後在靠近老者的座位坐下。

這八人長桌終於坐滿，莫維其和輪椅老者坐在長桌的兩端，其餘六個座位，由近老者右側算起是路西法、阿撒斯勒、亞巴頓，近老者左側算起是別西卜、彼列、莫斯提瑪。

莫維其逐一和每一個惡魔的目光交會，他注意到路西法戴著黑色的口罩，彼列的鼻子部位鑲著一塊鐵皮，阿撒斯勒缺了一邊耳朵，亞巴頓的右腕上是一只鐵爪，莫斯提瑪的左眼是一顆寶石，除了別西卜的喉部外觀看來無異之外，其餘五個惡魔身上都明顯缺少了一個部位——在莫維其的身上。

所有惡鬼們遠遠地圍了一圈，空氣中瀰漫著肅穆氣氛，只有幾個鬼僕不停地上菜。

莫維其注意到長桌中央擺放著的主菜是個活人，那活人渾身赤裸、全身被數十根長釘穿刺釘在桌面上，活人被施下了奇異的魔法，意識仍是清醒的，鬼僕們拿著刀叉在那人身上切割，那人身子劇烈地顫動，喉間發出嘶啞的沙沙聲，顯然能夠感受到體膚上的一切感覺。

當鬼僕將一塊不知是什麼部位的肉置放在莫維其的餐盤上時，莫維其忍不住露出了嫌惡的神情。他已經不記得這傢伙犯下什麼罪行而被他和拜恩擄來，儘管他知道這傢伙必然死有餘辜，但要在這種苦刑之下死去，也太殘酷了些。

「夥伴，你不習慣嗎？讓我——亞巴頓告訴你，你很快就會愛上這種滋味了。」亞巴頓一面說，一面以右腕上的鐵爪將鬼僕放入他餐盤中的一塊肉勾入口中，津津有味地吃嚼起來。

莫斯提瑪則是優雅地切割著自己盤中的肉，再以銀叉挑入口中，他說：「在人類的世界裡，也有許多類似的菜餚，其實從進食的創意來看，人類和我們沒有差別。」

「……」莫維其不置可否，他無法否認莫斯提瑪所說的話。

「讓我們共同慶祝末日的到來。」路西法舉起一只水晶杯，裡頭盛著滿滿的紅血，他向每一個惡魔致意後，將杯中紅血喝下，撫摸著腰間繫著的一把長劍，緩緩地說：「屆時，我會把腰間這把劍，送入祂的心窩中。」

「我好希望此時盤子中盛著的血和肉，是祂的血和肉。」阿撒斯勒發出了尖銳的笑聲，也將杯中紅血飲盡。

「我——亞巴頓也這麼想，我要吃下祂一整條腿。」亞巴頓點頭應和著，他杯中的血早在路西法舉杯前便喝乾了，一旁的惡鬼侍者正替他斟著第二杯。

「腦留給我，我很好奇祂的想法。」莫斯提瑪優雅地說，也輕啜了一口紅血。

彼列咕嚕一聲喝下一整杯血，冷酷地說：「我哪裡都行，有得吃就行。」

「我對祂的肉沒興趣，但我倒是很想看見祂告饒時的模樣，聽祂哀嚎時的哭聲，我要祂流著眼淚向我求饒。」別西卜嘿嘿笑著，也喝下了半杯血。

坐於長桌另一端那輪椅老者只是靜靜地喝下了血，並未發表一些在他們戰勝之後，希望如何折磨神的話語。他便是第七個魔王，古蛇，薩麥爾。

而莫維其只是在路西法舉杯向大家致意時，也一同舉起了血杯，但他隨即放下，並沒有喝杯中的血，也不動刀叉，只是靜靜地看著眼前七個惡魔以各自的方式開始進食，看著他們將一盤盤各式人肉料理吃食下肚，飲下一杯杯混入鮮血調和的美酒。

四周的惡鬼們也分到了許多活人和鮮肉，惡鬼們歡呼著，以各種殘酷的方式分食著那些罪犯。

莫維其瞥頭看看遠處的阿綠，十分慶幸她此時沉沉睡著，沒有目睹這一切。

「你和我想像中有些不同。」薩麥爾突然開口了，他的眼睛閃動著奇異的光芒，凝視著莫維其的雙眼。莫維其避開了他的目光，低頭看著自己的刀叉。薩麥爾看看路西法和別西卜，問：「按照你們的描述，他應當已經成熟了，但看來似乎不是那麼回事。」

別西卜舐了舐嘴角的血珠，也打量著莫維其，又看看阿綠，說：「殺了那小女孩，應該能使他更加接近我們想要的樣子。」

亞巴頓則冷冷地向莫維其說：「這是撒旦的晚宴，是屬於我們八個的盛宴，你不吃可不行，要我餵你嗎？」

一旁的阿撒斯勒哼了一聲說：「可以讓我來。」

「他們好像還不清楚你的力量，起來，讓我們見識一下。」別西卜微微笑著，輕彈一下手指，數個正在狂食活人的地獄囚徒站了起來，朝莫維其的方向走來。

莫維其靜靜坐著，並不理會那些朝他走來的地獄囚徒。其中一個高大青鬼伸出粗壯手臂，將莫維其提了起來，猛地一拳攢在他的小腹上，莫維其給打飛出去，撞在一根粗柱上，摔落，搖搖晃晃地站起。

亞巴頓埋怨說著：「夥伴，你應該以我——亞巴頓賜給你的右拳，一拳擊碎他的腦袋。」

「我不想和雜兵動手……」莫維其走回那高大青鬼的面前，高大青鬼又一拳朝著莫維其的臉打去。

莫維其抓住了高大青鬼的拳頭，稍稍施力，讓那高大青鬼跪了下來，他說：「和他們動手沒有任何意義。」

「夥伴！捏碎他的手，咬斷他的頸子，將他生吞活剝！」亞巴頓嚷嚷喊著。

「我比較想和你打。」莫維其一甩，將那高大青鬼拋砸上了二樓，跟著他又將幾個逼向他的惡鬼全扔上了二樓，他還笑著拍了拍其中一個婀娜女鬼的屁股，才將之扔上二樓。

「夥伴，你怎麼了，出手這麼溫柔，我們想見到的可不是這個調調。」亞巴頓笑著說。

莫維其轉頭看著亞巴頓，說：「我對他們完全提不起興趣……你——亞巴頓，以前捏斷了我的手，讓我痛不欲生，我還記著恨吶，不如我們打一架，這筆帳就算扯平了，怎樣？」

亞巴頓怔了怔，他搖搖頭：「我怕我會打死你，不行。」

「亞巴頓怕我，你們呢？」莫維其目光掃視著其餘惡魔，惡魔們相視一眼，哈哈笑著，他們並不特別想和莫維其動手拚鬥，此時的莫維其已經和以往大不相同，儘管未必比得上真正的惡魔，但認真打鬥之下，惡魔們即便能夠制服莫維其，必然也脫不了一身狼狽，在這群魔聚集的盛大宴會中，即便是阿撒斯勒、亞巴頓、彼列等性情凶烈的惡魔，也不想幹這吃力不討好的苦差事。

薩麥爾又開了口：「各位，我們的敵人必然早已知道在這場戰爭中，人心是偏向我們的，他們早已知道不會是我們的敵手，因此也沒有浪費太多時間在莫維其身上，他們必定策劃著其他戰略，好在全面戰爭時扳回一城。所以，這些無聊的把戲可以省下來了，我們有更重要的事要做，不要把精力浪費在無謂的事情上。」

莫斯提瑪點頭附和：「我也這麼認為，第七個預兆實現之後，屆時他想吃人飲血，說不定我們拉都拉不住。」

「沒有人重視我的意見嗎？」莫維其哈哈笑了起來，卻沒有回到座位，而是伸了個懶腰，來到亞巴頓身後，兩隻手一左一右地捏著亞巴頓臉上的肥肉，拉扯玩弄、大力拍打，說：「我記得三年前那場惡夢，你的頭上會長出角，怎麼現在看不見啊？」

亞巴頓猛一揮手，將莫維其的手給打開。他猛然起身，冷冷地瞪著莫維其。

「哈哈！」莫維其退了幾步，來到阿撒斯勒身後，伸手捏住了阿撒斯勒的一隻羊耳，說：「我比較喜歡你這隻耳朵，你換這隻給我好了……」

莫維其還沒說完，只覺得黑風襲來、身子一震，彈飛了數公尺，摔落下地，他蹲跪著喘氣，阿撒斯勒已經兇惡地飛站到他的面前，憤怒地瞪視著他，說：「你以為你身懷六個惡魔的器官，就能夠羞辱我了？」

「開個玩笑，你這麼認真幹嘛？」莫維其嘻皮笑臉地說，他又說：「但我們之間也有過節，不趁現在打一架，我很難心服口服。」

莫維其緩緩說著，突然竄了起來，左手已經扯住了阿撒斯勒那隻山羊耳朵，將阿撒斯勒的腦袋向自己拉來，而右拳同時擊在阿撒斯勒的臉上，這一次換成阿撒斯勒飛彈出去。

「看來若是不讓他嚥下這口氣，他也不會乖乖地接受第七預兆吧。」莫斯提瑪以餐巾抹著嘴巴，說：「我們親自出手，玩玩也好，你們誰上，不然我來好了。」

亞巴頓緩緩地朝莫維其走去，甩了甩右手，說：「三年前我——亞巴頓，要他吃下一個人，他沒吃，這一次，他還是拒絕亞巴頓的建議，看來，我——亞巴頓，有必要讓他知道觸犯亞巴頓的威嚴會有什麼後果。」

亞巴頓每走一步，身上的禮服就化出了紅火，腳下冒出了蝗蟲；他身上的華服燒成了灰燼，一片片落下，露出肥滿的軀體，軀體上穿刺著鎖鍊，以及各式各樣的符紋圖案，他的腦袋上生長出捲曲的粗壯牛角。

「我也很想知道，究竟會有什麼後果呢？」莫維其笑了笑，也朝亞巴頓走去。

亞巴頓來到莫維其的面前，高高舉起拳頭。莫維其拍了拍自己的臉，說：「朝這裡打，看你有沒有本事把我的腦袋打爆。」

亞巴頓哼地一聲，朝著莫維其的腦袋揮出一記極具威力的左拳。

莫維其不閃不避，只是微笑。

這記驚天動地的左拳在莫維其的太陽穴前陡然停下，亞巴頓怒叫：「你為何不躲開？這一拳能將你的頭擊得粉碎，你膽敢小看我——亞巴頓的力量？」

「換我了。」莫維其冷笑幾聲，身子一閃，也猛然揮出一拳，轟擊在亞巴頓的臉上，將他打得向後彈仰騰空，一張大臉歪向一邊。

亞巴頓尚未反應過來，莫維其已經躍竄上他的身體，轟的一拳，又將他砸落下地。莫維其騎跨在亞巴頓的肚子上，數記重拳轟在亞巴頓的臉上，然後他五指成爪，對準了亞巴頓的心臟。

「阻止他——」薩麥爾突然高喊一聲，阿撒斯勒、彼列便在瞬間閃到了莫維其左右，對莫維其發動攻勢。

莫維其同時捱了彼列一記重拳和阿撒斯勒掃出的黑風，他摔彈在數尺之外的地上，掙扎著想要站起。

「不是打架，這是突襲。他想要殺掉我們其中之一，來破解八個撒旦降世的計畫。」薩麥爾冷冷地說：「孩子，你寧願死，也不願意成為我們的夥伴嗎？」

「我非常願意啊。」莫維其哼哼地說，卻又蹦竄彈起。他速度飛快地繞過了阿撒斯勒和彼列，撲上那個緩緩起身的亞巴頓後背，張開口朝亞巴頓的後頸咬下。

亞巴頓發出憤怒的吼叫聲，反手揪住莫維其的後領，將他狠狠地摔砸在地上。

莫維其被砸得狂嘔吐血，但他再度突騰起身，朝著亞巴頓的身軀轟出數拳，其中一拳貫穿進亞巴頓的身體裡，然後抽出手臂，血從洞口爆了出來。

亞巴頓狂吼著，揮動重拳和鐵爪，一記一記揮掃著莫維其。莫維其給掃倒在地，吐血不止。阿撒斯勒、彼列都因為亞巴頓這陣瘋狂的亂攻而無法靠近。

莫維其又抱住了亞巴頓的腿，張口去咬，咬下一大塊肉，再將亞巴頓翻倒在地，再度騎跨上去，這次，他瞄準亞巴頓的心口猛力揮下拳頭。

他的拳頭在空中讓莫斯提瑪抓住，莫斯提瑪冷冷地問：「你當真想要全力殺掉我們其中之一，藉以破除八個撒旦降世的計畫？」

「對。」莫維其猛咳著，一拳揮向莫斯提瑪，卻揮空了。

但他隨即掙扎落地，仍舊朝亞巴頓攻去。這次亞巴頓一爪抓住了莫維其的臉，將他壓撞在地上。莫維其覺得後腦撞在地面時，像是要爆炸一般，然而，他的右拳也猛烈地擊在亞巴頓的手腕上，將亞巴頓的左手自手腕處打斷飛脫。

莫維其再度翻彈起身，又讓從後方竄來的別西卜擒抱住，無數的蒼蠅鑽進了他的後背。

「哈哈——」莫維其大笑著，他反手抓住了別西卜的頭髮猛地一扯，將別西卜扔摔進了惡鬼群中，砸倒一片惡鬼。

莫維其後背的西裝布料早已千瘡百孔，染得血紅一片，無數的蒼蠅在他背上爬竄，且向胸腹繞來。

「全都是一些……無法使我喪命的雕蟲小技，為什麼呢？」莫維其彎低身子舐著嘴邊的血，眼睛泛出紅光，手臂也浮出火焰紋路；他的耳朵嗡嗡作響，他的喉嚨咕嚕嚕地滾動著沙啞聲響。

「因為你們捨不得殺我。」

莫維其這麼說的同時，再次竄到亞巴頓身前。亞巴頓憤怒狂嗥，他的右拳早換給了莫維其，而左手被莫維其齊腕打斷，他只能低頭以頂上冒突而出的彎曲牛角，朝莫維其的胸口頂去。

莫維其側身避開，右手抓住牛角，左手從外套內袋中取出那只在激烈爭鬥中卻沒有一絲損壞的玻璃瓶。莫維其咬去了瓶蓋，猛地灌下一大口清水。

他在別西卜、彼列、阿撒斯勒朝他竄來時，將剩餘的半瓶水連同玻璃瓶，捅入亞巴頓腹部的破口之中。

「嘩——」亞巴頓發出了驚天動地的嗥叫聲，他的身子出現了裂紋。

「噗——」莫維其朝著飛竄而來的幾個惡魔，噴出了他含在口中的水。

別西卜讓瓶中水迎面噴了滿臉，發出了駭人的尖嗥，她摀著臉向後飛彈。莫維其接著和彼列、阿撒斯勒過了幾拳。

突然，長桌崩裂、地板破碎，一條青紅巨影甩來，鞭在莫維其身上，將他打彈上半空。那青紅巨影是一條蛇尾，那是古蛇——薩麥爾的一擊。

莫維其感到全身發出了撕裂般的疼痛，相較之下，蒼蠅在他身上爬竄已算不上什麼了。

莫維其在空中卻沒有落下，他讓路西法一手掐住了頸子。路西法戴著黑色口罩，背後升揚起六對巨大的黑色羽翅。

「莫維其，是他們教你這樣做的嗎？他們以為用這種方式就可以擊敗我們？這真是太小看我們了。」路西法浮於空中，巨大羽翅緩緩地擺動著，散發出不可侵犯的威嚴。

「惡魔，你說反了，小看別人的……是你們！」莫維其的左臂骨讓薩麥爾的蛇尾擊斷，但他仍然朝路西法揮出右拳。路西法一手抓著莫維其的頸子，一手接連擋開他打來的拳頭。

「啊……啊！」莫維其奮力出拳，一拳接著一拳，但力道卻漸漸減弱。他感到身上爆出劇痛，那些在他身上爬竄的蒼蠅蛆蟲，漸漸長大、鑽破皮膚，他的身上如同死前的小夏一般，噴發出了血雨。

底下的彼列、阿撒斯勒一同扶著亞巴頓，協力將魔力灌入亞巴頓體內。莫斯提瑪以細長的手指伸入亞巴頓腹部的傷口，挾出了那只玻璃瓶；他立時將玻璃瓶拋遠，而手指也被燒灼出兩個焦口。亞巴頓的腹部不停地淌流出亮白的漿汁，三個魔王齊力施展魔法，才讓亞巴頓的傷口稍稍合攏。

莫斯提瑪拭了拭汗，提醒路西法：「你們打算如何？繼續預兆？還是殺了他？若要換人，十分麻煩，別忘了先將我們各自的器官取回再出手殺他。」

「繼續預兆。」路西法說，他從容接下莫維其連續揮來的拳頭，覺得莫維其的拳頭力道漸漸減弱，便說：「你的力量還不夠……」但他這麼說的時候，莫維其的拳頭力量卻又漸漸強盛起來，勾拳、勾拳、勾拳、勾拳，還是勾拳。

莫維其右拳上污濁的火焰紋路褪去，亮白的光盛起。他虛弱地喊著，身體其他部位漸漸無法動彈，但揮出的拳頭卻是那樣地有力，暴射出耀目白光。

一片煞白——

惡鬼們驚駭地嗥叫起來，煞白迅速消失，取而代之的是將宴廳中絕大多數惡鬼都震懾壓倒的黑暗魔力。

在空中，路西法的身子微微傾向一邊，莫維其虛脫地癱著，他的右臂勾掛在路西法肩上，他耗盡力氣了。但路西法的神情卻驚訝而憤怒，宴廳中的這股邪惡氣息便是從他身上發散出來的，他背後那十二只黑色羽翼的其中一只折斷了，是被莫維其揮出那最耀目的一拳擊斷的。

路西法一手仍掐著莫維其的頸子，另一手深埋在莫維其的胸口之中。他將手緩緩抽出，手上握著的是莫維其的心臟，噗嗤一聲，路西法將之捏碎，血從路西法的手上淌流灑下。

然而莫維其卻還沒死。路西法的魔力一股、一股地湧入他的身軀，在他體內激盪衝湧，維持著他僅存的一口氣。

路西法將怒氣收去，他提著莫維其緩緩落下，來到薩麥爾的面前，低頭不語，似乎對自己突然的失態感到有些不好意思。

薩麥爾緩緩拉開胸口衣衫，口中喃喃禱唸，接著也伸手在自己的胸膛處劃出一條長口，取出了一只巨大的黑色心臟。黑色心臟有力地彈動著，他捧著自己的黑色心臟，緩緩湊向莫維其的胸膛破口。

莫維其的右手背上爬出了新的紅痕，燃燒出最後三行文字——

預兆七：新生

替你換上惡魔之心

他將變為你；你將變為他

莫維其也感受到這最後的灼熱火刑，他閃電般抬起手，抓握住那只黑色心臟——用力一捏。

但是捏不破。

他的力氣已經耗盡，且路西法比他更快，在他捏住黑色心臟的同時也緊握住他的手腕使他無法施力。莫維其的頭漸漸低垂，手也鬆開了。

薩麥爾繼續將心臟湊向莫維其的胸膛。

「等等——」別西卜吼叫著，她的臉被莫維其吐出的水燒灼出可怕的疤痕，她鼓動著黑風落在那座沙發——阿綠的面前，抓著阿綠的頭髮，將阿綠提了起來。別西卜朝著路西法咆哮：「叫他睜大眼睛看著。」

別西卜讓阿綠胸口的樹枝十字架發出的光芒映得眼睛發疼，儘管此時她極端憤怒，也不敢直接扯握那樹枝十字架，而是一把抓住那樹枝十字架的繩結草莖，猛力扯動，她的手中炸出了白光，終於將那樹枝十字架自阿綠頸上取下，但那十字架的草莖卻緊緊沾黏在她的掌心中甩脫不掉。在極端憤怒之下，別西卜將自己的手腕咬碎，任由那隻閃耀的手脫落墜地，化成了無數蒼蠅。

「哼哼……」別西卜露出了猙獰惡極的神情，她高高舉起阿綠，輕輕搖晃，阿綠便醒了過來，驚訝地問：「怎麼了，誰抓著我？」

莫維其恍惚之中，隱約看見別西卜抓著阿綠，但他已無能為力，他全身的力氣都耗盡了，他的血幾乎流乾、體膚千瘡百孔，連心臟都讓路西法捏碎，而他最後盡力的一抓，也讓路西法阻下；現在的他，就連一根手指也動彈不得了，他自認沒有保留任何一絲力量了。

「阿綠……讓我為妳祈禱……至少……希望妳能忘卻痛苦……」莫維其歪斜著頭，呢喃祝禱著。

別西卜雙眼大睜，她的口鼻中飛化出大量的蒼蠅，她全身化散成數道黑霧，往阿綠的眼耳口鼻中鑽竄。

阿綠身子騰空，踩踏著輕盈的步伐，喉間發出了別西卜的聲音，尖笑起來，高亢地喊：「你忘了那一晚發生的事？你忘了那一晚的憤怒和痛苦？讓我幫你想起來，就像這樣……」

阿綠來到了莫維其的面前，伸出她那雙稚滑白嫩的手臂。莫維其想起那晚小夏擰折的雙臂，再一次感到無比的痛楚；他閉上眼，更認真地祈禱。阿綠捧起莫維其的臉，在他額頭上輕輕吻了一下。

「夠了，你不需要祈禱了。」阿綠微微笑著，她的話讓莫維其睜開了眼睛。

「你的祈禱，神聽見了。」

阿綠燦爛地笑了起來，同時身體之中發出另一陣尖銳的聲音，是別西卜的聲音，別西卜驚怒嗥叫：「怎麼是你？怎麼是你？」

「是你——」路西法、薩麥爾同時失聲驚叫。

宴廳牆面上那一扇一扇由魔力幻化而出的華美窗戶外，閃耀起強烈的光，窗戶爆碎，天搖地動。近窗邊的惡鬼們慘嚎著，紛紛倒下，光箭如雨般噴射進來。

一記光箭彷若流星，倏地射穿薩麥爾手中那顆黑色心臟。

「喝——」薩麥爾發出了慘嚎聲，他摔坐在輪椅上，緊緊抱著自己那顆炸出黑血的心。

阿綠身子向後飛騰，在空中一陣激烈顫抖，然後癱軟落下，一黑一白的光柱卻還停留在空中原處，化出人形，是一個容貌俊美的褐髮少年，他抓著別西卜的手腕，背後緩緩張揚開十二只比白雪還要潔白的羽翼，綻放出柔華的光。

很久之前，在路西法墮入地獄成為惡魔之後，這個褐髮少年接任了統領天使軍團的重責大任，成為天上最具權柄的天使——四天使之首；就是莫維其和阿綠夢中的那個小男孩，在阿綠夢見他的那晚，少年便悄悄躲藏到阿綠的心中，藉著樹枝十字架發出的聖光作為掩護，讓惡魔們忽略了他的存在。

「米迦勒——」路西法發出了憤怒的吼叫聲，他拋下了莫維其，抽拔出腰間長劍，迅疾地撲衝向那四天使之一，他稱作「米迦勒」的褐髮少年。

此時，莫維其沉沉地倒下，他失去了路西法魔力的灌輸，意識漸漸渙散。

一雙光嫩的手臂接住了他，將他緊擁在懷中，他感到自己深埋在溫暖的懷抱中，他聞到了讓他熱淚盈眶的香味。

「小夏……」莫維其怔了怔，他感到自己的意識一點一滴地再度在身體中凝聚，他看見摟抱著他的人，千真萬確就是小夏，他睜大了眼睛，緩緩抬手撫摸著小夏的臉，呢喃地說：「小夏⋯⋯小夏，妳⋯⋯妳不是死了？」

「我是死了啊。」小夏微微笑著，她身穿純白的薄袍，背後張開一對稚嫩的羽翼。

莫維其欣喜地哭了，同時，他感到力量源源不絕地自他體內發出，他見到自己胸膛的裂口中，有顆跳動的心臟，他感到有些奇怪，他記得自己的心臟已讓路西法捏碎了。

「這顆心，是我的。」小夏微笑地說，低頭，在他的胸膛破口上親吻著，這使得莫維其胸口上的破洞漸漸癒合。她說：「我們第一次相遇時，你的話成真了。醫院那晚我死去之後，神召喚了我，而我的肉體被折返回去的文老師帶走。我肉體裡的心，還是完好無缺的，現在，這顆心是你的了，這是一顆天使的心。」

莫維其怔了怔，他見到文老師——加百列抱著阿綠緩緩朝他走來，他這才明白當晚加百列所說的「小夏的命運早已決定」，是指小夏將會在神的旨意下成為天使，而非無情地見死不救。

「你還記得神給你的誓言嗎？」小夏在莫維其耳邊輕語：「你看看背後。」

莫維其轉頭，他見到宴廳窗外閃耀著聖潔的光，更多光箭湧射入窗，更多惡鬼倒下，同時，那些沒倒的惡鬼們猙獰嘶叫著，他們手中化出尖銳可怖的武器。

窗外，一對對的羽翼在飛撲拍動，幾聲爆炸，高牆傾垮，帶頭衝入的是拉菲爾和那十天前在舅舅書房中的滄桑男子——四天使之一，烏列。

他們率領著成群持寶劍和長弓的天使。

他在你的手上寫下七個預兆，預兆全部實現之時，永夜將會降臨，陽光永遠消失。因此，祂也給了你三個諾言——

當你祈禱時，痛苦將遠離你；

當你背棄黑暗時，你會得到力量；

當你心中再也無懼，起身對抗黑暗之時，祂將賜你一千柄劍、一千面盾、一千把弓和一千對羽翼。

莫維其感到一股溫和正潔的暖流自他胸口發出，是小夏心臟中蘊藏的神聖血液，在他體內洶湧流竄著。

「你體內本已擁有六個惡魔的力量，現在又擁有了一顆天使之心。神不只要你新生，祂也希望你能為祂做一些事。」加百列淡淡說著。

「我可不想替祂做事，我只為自己跟身邊的人做事。」莫維其哼了一聲，看著自己的拳頭，緊握，再放開。他手背上的預兆印記已然消失、身體裡的力量源源不絕地湧出，小夏的心臟不但沒有降低六個惡魔賜予他的力量，反而將六股力量匯集引導，轉換成另一種更為強悍、堅韌、正直的力量。

「米迦勒，這是你的戰術，還是祂的戰術？祂是個卑鄙小人！」路西法暴怒地揮動一柄黑色長劍，連連追擊著那褐髮少年米迦勒。路西法的身形如颶風、如暴雷，在廣大宴廳中四處飆竄，他揮掃出去的利刃劍風，將樓梯劈垮、將屋樑掃裂。

但米迦勒更快，沒中任何一劍。

米迦勒飛降落地，拾起地上的樹枝十字架，向莫維其做了個鬼臉，呵呵地笑說：「朋友，這是我第二度送你東西，你總是不珍惜、隨手亂丟，你忘記當時我是怎麼對你形容這東西的嗎？」

莫維其沒有忘記，當時，化為小男孩模樣的米迦勒，是這麼對他說的——「我給你很厲害的劍，你就不會害怕他了。」當時他只覺得小男孩在吹牛。

路西法飆竄到了米迦勒身前，黑色長劍當頭劈下。

「啊——」莫維其見到米迦勒手中的樹枝十字架發出了熊烈的火焰，火焰以十字狀向四邊擴散，十字架的橫枝化為銀亮護手，豎枝化成了劍身和劍柄，擋下了路西法暴風般的一擊。

「可恨吶——」阿撒斯勒、彼列、莫斯提瑪等惡魔王們憤怒地吼叫著，他們率領著地獄囚徒、無數惡鬼們與湧入的天使展開大戰。

加百列略有歉意地對莫維其笑著說：「這段期間辛苦你了，七個邪惡預兆實現了六個，勝利的一方當然會是我們。」

莫維其先是一愣，突然明白了一切。他見到米迦勒在空中飛舞應戰，明顯壓制了路西法的強悍魔力。

「你的十二只羽翅，傷了一只；你原先強悍無匹的力量，缺少了一部分。」米迦勒笑著對路西法說。

不只是路西法，六個惡魔的力量都被削弱了一部分——他們失去的力量，在莫維其體內。天使一方對莫維其的消極援助，竟是為了製造出這樣一個契機。

「這場戰爭，是我們贏了。」米迦勒飛躍到路西法上方，高舉銀劍以落雷之姿劈下。路西法橫舉黑劍接擋，雙劍相交，路西法的黑劍在米迦勒的雷霆一斬之下崩裂斷碎，他的右臂也給齊肩斬落。

路西法發出了狂烈的怒吼聲，雙眼流下憤怒的黑淚，跟著長嘯一聲，這由魔力建築的宴廳開始碎裂崩塌，這是惡魔敗退的號令。

彼列、莫斯提瑪、別西卜、阿撒斯勒、亞巴頓、薩麥爾紛紛在負傷之下鑽入地底，他們再次被打回了萬丈深淵。

惡鬼慘烈嚎哭著，都淌下血紅眼淚，他們向四周飛竄，向外敗逃。天使們舉起銀弓，發出一記一記的流星光箭，追擊著惡鬼們。

莫維其緩緩站起，心中充滿了五味雜陳的情緒，但他此時僅能從多種情緒之中挑選一種來沉浸著，那就是緊緊擁抱著小夏。

四周震動，屋裂瓦落，窗戶崩碎，華麗的宴廳恢復成原來的豪宅，天使大軍四散追擊惡鬼。莫維其無視於一旁的加百列等諸位天使，一下又一下地親吻著小夏，他透過崩壞的窗向外看去，天空中的濃厚黑雲漸漸化散，星和月的光芒從無盡黑暗間隙中穿出射下，儘管微弱，但永不消失。

Samael

薩麥爾，傳說中掌管生命的死亡天使，原為熾天使位格的蛇形天使，名字有「神之毒」、「神之惡意」的意思，也被稱作「赤色之蛇」。本身充滿謎團，據傳原本是羅馬的火星天使，也被認為是棲息於伊甸園的蛇。還有傳說指出，他是能與撒旦相抗衡的強大惡魔。

第六章

迎向新生

寒冷的冬天過去之後，舅舅的豪宅經過整修，差不多恢復了原貌。

阿綠繼續著原先的課業，豪宅中多了幾位家僕，其中一個老邁的管家，他的聲音和原先的老管家、阿綠的爺爺，竟是一模一樣的，而他的後背上也有著一對羽翅。

這是莫維其和米迦勒的交換條件之一，他希望暫時對阿綠隱瞞老管家的死，直到阿綠更大一些。於是這個天使便擔負起假扮老管家的任務，領著其餘幾位天使，護衛著莫維其和阿綠。

□

莫維其此時並不在豪宅，他在阿綠學校附近的一間咖啡廳中，靜靜喝著咖啡、看著窗外的車潮行人，回想著數個月前的約定。

當時，莫維其是這樣說的：「這一切都是你們的計畫？故意袖手旁觀，任由惡魔將他們的器官換上我的身體，在最後一刻才發動猛攻，阻止最後預兆？就為了藉著我的身體，來封印住六個惡魔的部分魔力？」

「是的，朋友，是這樣沒錯。」米迦勒攤攤手，笑著說：「惡魔的力量永恆不滅，即便我們將之殺死，他們也能夠在地心的最深處復活，但是他們的力量是不變的，他們藉著發動邪惡預兆的方法來向天使宣戰，考驗人心，那麼我們便接受這樣的挑戰。我們不但在人心這一戰上獲得了勝利，也將他們的部分力量鎖在你的身體裡，使他們無法取回原本屬於他們的力量。」

「……」莫維其感到有些惱怒，冷冷地說：「那好。我問你，阿詹、老管家、小夏、我的舅舅，甚至是我幫派中的朋友……甚至是……為了供應惡魔取食的犯人，即便他們十惡不赦……這全部的人，算不算是你們計畫中的無辜受害者？」

「算。」米迦勒想也不想地回答：「我們只能遺憾，但不後悔。」

拉菲爾接過了話，補充說：「你心中對神、對天使仍然存在著誤解，你認為無所不能的神應當有義務去拯救任何一個承受苦難的人，但事實卻非如此，神和天使的力量是有限的，我們必須以所能夠展現的力量去取得最大的成功。至少，在這次戰爭裡，我們所要做的，是拯救最多的人。若我們不這麼做，最終犧牲的，絕對不止你身邊的人，而是成千上萬無以計數的人，而那些人當中很可能也包括你身邊的人。你捫心自問，那可是你所樂見的嗎？」

莫維其不語，這樣的解釋自然說得通，但是他知道自己和親人被當成了「和平戰役」中的犧牲者，卻也難以釋懷，他攤攤手說：「好，就當作我運氣不好，被神選中。」

「其實是惡魔率先選擇了你，我們才以你作為戰略的起點。」加百列更正。

「……那麼你們對我可有所補償？」莫維其恨恨地問。

「沒有補償，理由如前面所說的，惡魔選上了你，天使一方所要做的，是將損害減至最低，你若要補償，應該向惡魔索討，不過……」加百列說：「從現在開始，你應該有很多機會能向惡魔們討回你想要的補償，六個惡魔的力量封印在你體內，你覺得他們會不想取回嗎？」

莫維其吸了口氣，無奈地說：「好，我可以無條件將『東西』還給他們……嘖，不過他們或許不會將我原本的身體部位還我，這樣我犧牲太大……」

「不僅如此，他們或許更想再度挑戰第七個預兆，畢竟在你身上已經實現了六個預兆。」

「那我豈不是永無寧日？」莫維其愕然地嚷嚷著。

米迦勒走向莫維其，說：「所以我們想和你做個約定，你仍然必須繼續堅持著光明的力量，盡力保管在你身上的六個力量，同時不讓第七預兆實現，而我們，則提供你所需要的保護。」

「……」莫維其指了指米迦勒那柄銀亮的長劍說：「那你何不殺了我，讓我一了百了。」

「若你無故死去，很有可能會讓伺機掠奪人類靈魂的魔鬼搶先一步將你拘入地獄，到時候你仍然逃不過惡魔們的糾纏。如果我是你，我當然要選擇以人的身分在地上和惡魔們抗衡。」米迦勒淡淡說著。

莫維其想起阿詹在地獄受刑的慘樣，不禁打了個寒顫，說：「我似乎沒得選擇……」

「你可以選擇與我們並肩作戰，成為天使在凡間的代言人，站在第一線與黑暗勢力對抗，或許你能夠從惡魔手中奪回一些悲傷靈魂，例如你的朋友，使他們免於繼續遭受苦毒。」加百列這麼說。

這個提議有些打動莫維其的心，他一想到阿詹在地獄受苦的模樣就寢食難安。

然後，他從米迦勒的手中，接過了那柄銀亮長劍，那是柄隱隱閃現著火焰的美麗寶劍，但當他想進一步仔細看寶劍上的紋路時，寶劍便又幻化成原先的樹枝十字架。

米迦勒哈哈一笑，替莫維其將十字架掛上了胸，說：「你很快便會用到它。」

□

莫維其啜飲下最後一口咖啡，他今天的行程是天使們開出的條件之一：一週一次的會報。一隻潔白的手輕拍了拍莫維其的肩頭，他轉身，向小夏笑了笑。

小夏坐下，拿出了一本記事本打開，裡頭是密密麻麻的文字記號，她說：「這個禮拜你要做的第一件事，就是去解救一個被惡魔糾纏三年的婦人，她叫……」

「喂！喂！」莫維其揮手打斷了小夏的話，他說：「妳別這麼掃興嘛，這些事到晚上才說，現在是我的時間……」

「知道啦！現在是你的心靈輔導時間，我是你的輔導老師，但我警告你，可別再像上禮拜一樣毛手毛腳了，否則下次我會讓拉菲爾大人親自來輔導你。」小夏似笑非笑地說。

「那我會揍他一頓。」莫維其哼哼地說，牽著小夏的手起身，他問：「走吧，今天我們去哪裡呢？」

「都可以，只要和你在一起的話。」小夏燦爛地笑著，挽上莫維其的手臂。

他們離開了咖啡廳，四處遊晃，來到那個雨夜公園，莫維其曾在這兒打死數隻地獄囚徒，還將拉菲爾痛毆了一頓。

此時的公園陽光朗朗，有許多人在草坡、廣場上溜達玩耍。小夏掙脫了莫維其的手，她輕盈地奔跑，在一處空曠的空地跳起了舞。

她的雙腿是那樣地靈巧，她的身子是那樣地柔軟，她的頭髮隨著風飄揚，小夏她吸引了周遭不少人的注意，幾個經過的小孩子這麼談論著——

「那個姊姊跳舞好美，好像飛起來了一樣。」

「就跟天使一樣。」

《七個邪惡預兆》完

後記

在故事中出現的七個惡魔，是源自於「地獄七大惡魔」這麼一個稱號，但由於七大惡魔的說法紛雜，又有六大惡魔、七君王、六君王等各種模稜兩可的說法，因此一直尋找不到確切的名單。故事中的七個惡魔，是筆者搜尋各大中英文網站、以出現頻率最多的幾個名字，作為故事中的設定依據，依照故事中預兆登場的順序分別是：亞巴頓（Abaddon）、莫斯提瑪（Mastema）、阿撒斯勒（Azazel）、彼列（Belial）、別西卜（Beelzebub）、路西法（Lucifer）、薩麥爾（Samael）。

故事之中的路西法、撒旦、薩麥爾之間，流傳著各種不同的傳說和說法，在但丁的《神曲》中，「路西法」等同「古蛇」（薩麥爾），等同「撒旦」。但在本篇故事之中，採用了另一種說法，亦即路西法為背叛神的墮落天使，薩麥爾為引誘夏娃的古蛇，撒旦則為所有惡的集合體（泛指所有神的敵對者），是一個抽象化的稱呼（故事中的七大惡魔、地獄的厲鬼們，以及假若成為第八魔王後的莫維其，都有資格稱為撒旦）。

在寫作上，筆者盡量以虛構的方式，去創作故事當中天神與惡魔之間的互動和糾葛，以及他們的性情。這是一篇幻想故事，筆者不希望帶有濃厚的宗教色彩，只是純粹藉由惡魔傳說的神祕和恐怖氣氛，敘述莫維其這個天之驕子墮入恐怖深淵，並經歷了徬徨迷失、飽受折磨之後，進而和黑暗抗衡的一段經過。因此我也希望讀者能夠以觀賞一篇幻想故事的角度去閱讀這篇故事，而不要以宗教或嚴謹考據的角度閱讀它，那樣會十分乏味。

因此，故事中的七個預兆和其相應結果，當然也是虛構的，不必深究。

星子　2006/8　台北永和

國家圖書館出版品預行編目資料

七個邪惡預兆 / 星子(teensy)著. -- 二版. -- 臺北市 : 蓋亞文化有限公司, 2022.10
面； 公分. -- (星子故事書房 ; TS031)

ISBN 978-986-319-701-0(平裝)

863.57 111015957

星子故事書房 TS031

七個邪惡預兆

作　　者 星子（teensy）
內頁插圖 星子
封面裝幀 莊謹銘
總 編 輯 沈育如
發 行 人 陳常智
出 版 社 蓋亞文化有限公司
地址：台北市103大同區承德路二段75巷35號
電話：02-2558-5438　傳真：02-2558-5439
電子信箱：gaea@gaeabooks.com.tw
投稿信箱：editor@gaeabooks.com.tw
郵撥帳號 19769541　戶名：蓋亞文化有限公司
法律顧問 宇達經貿法律事務所
總 經 銷 聯合發行股份有限公司
地址：新北市新店區寶橋路二三五巷六弄六號二樓
電話：02-2917-8022　傳真：02-2915-6275
港澳地區 一代匯集
地址：九龍旺角塘尾道64號龍駒企業大廈10樓B&D室
電話：+852-2783-8102　傳真：+852-2396-0050
二版一刷 2022年12月
定　　價 新台幣280元
Published and printed in Taiwan

ISBN / 978-986-319-701-0

GAEA

Gaea